死への旅列車

北嶌 千惺
KITAJIMA Chisato

JN106917

文芸社

目次

主な登場人物

エスポワール（Espir）
自分探しをするために
列車の旅に出かけた女性

レーヴ（Rêve）
パレード楽団に入団したい
音楽好きの少女

先生（Professeur）
数年前レーヴに拾われた
音楽の（初心者）先生

アビメス（Ab ime）
アクワリアムにおける
海洋研究の第一人者
『触れるもの全てを不幸にする女』
と言われている

オフォン（Hau-hond）
アクワリアムの水兵
アビメスの恋人らしいが……

エクラン（écran）
爆発マニアのシネマの映画監督

助手（Assistant）
エクランに拾われて
助手をしている男性

死への旅列車

0　彼女はエスポワール

　目を覚ますとそこは、真っ白な空間だった。

　何もない、つまらなさそうな場所だった。

　彼女は椅子に座っているのか、足が床についていない。床があるのかすらも怪しかったが、とにかく椅子に座っていた。

　頭がぼうっとする中、二人の男の声が聞こえてきた。

「これで今年は二人目か」

　一人の男は溜息をついて言った。

「そんなに悲観することでもあるまい。よくあることだ」

　もう一人の男は何やら紙を見て笑いを含んだ声で言った。

「よくあると困るのだけどな」

　目に飛び込んできた男たちは真っ黒なフードに包まれて、様相は分からない。まるで死神のようだ。

「ここ……どこ……？」

彼女は消え入りそうな声を出して、周りを見渡した。

それに気がついた男たちは彼女を振り返り、声をかける。

「お、やっと目が覚めたか。具合はどうだ」

彼女はぼんやりする頭で首を傾げる。

男たちは顔を見合わせて驚く様子を見せる。

「あんた、自分の名前は分かるか？」

頭を微かに振って否定する。

男たちは再び顔を見合わせて、肩を落とす。

彼女はいつまでもはっきりしない頭で、男の次の言葉を待っている。

「今、自分のことで何か覚えていることはあるか？」

彼女はしばらく考えてみたが、何も思い出せない。なぜだろう。自分がどこで生まれてどこで育ったのか、なぜこのような場所にいるのか、何一つ分からない。

彼女がそう言うと男たちは背中を向けてひそひそと何やら話し始めた。彼女には聞こえない。

しばらくして男たちが振り返り、突然彼女に名前を与えた。

「よし、今からお前はエスポワールだ。分かったな」

いきなりのことに彼女の頭の中は疑問符だらけになった。なぜ突然そんなことを言い出すのか、彼女の働かない頭では全くもって追いつけない。

「いいかエスポワール。今からお前は旅に出かける。そこであるものを探すんだ」

何を言われているのかが分からない。一体何が起こっているのか。

「いいか。次に目が覚めたら駅に行け、そしたらR－5番線から出る列車に乗るんだ。そうすればお前の旅が始まる」

「詳しくは旅をしていればいずれ分かるさ。あとはあんたの進む通りに。それでは良い旅を」

「またお会いしましょう。良い旅を」

男たちは駅員のように頭の前に手を持ってきてポーズをとる。

そして彼女の意識は落ちていった。

0-0　死への発車時刻

レンガ造りの駅は風情がある。蒸気機関車に、靄がかかったように見た目が不安定な人々、ステンドグラスがはめ込まれた窓に、そこから微かに差し込む不安定な光。

この駅にいると不思議な気分になる。なぜかすぐに消えてしまいそうな不安が彼女を襲う。

「ありがとう、おばあさん」

マフラーを巻いたエスポワールは、売店のおばあさんからアイスクリームを受け取ると、さっそくそれを口に運ぶ。

深い味わいの牛乳に、味を引き立てるバニラエッセンスが口に広がる。

初めて食べてみたがなかなか美味しい。もう一つ買いたいくらいだ。

キャリーケースを左手で引いて、右手でアイスクリームを持ち食べながら歩く。このような贅沢はそうそうできないだろう。

（駅、広いな。……まだ時間はあるし、見て回ろうかな）

そう思った時、案内放送が流れた。

「皆さま、発車時刻五分前になりました。R－5番線ポルト行きの列車にお乗りのお客さまは、お急ぎください。繰り返します。発車時刻五分前に……」

エスポワールが乗る列車だ。まだ時間があるはずだと思い、腰ベルトに吊るされている懐中時計を見る。時刻の一時間五分前になっている。しかし放送が間違うはずもないので、駅構内の広場中央の大時計を確認する。すると確かに発車五分前になっている。どうやら彼女の時計が止まっていたらしく、針が動いていなかった。

慌てた彼女は大急ぎでR－5番線へと向かう。走ればギリギリ間に合うだろう。

R－5番線に着くと既に蒸気機関車が煙を上げていて、車掌が発車を知らせていた。

「R－5番線ポルト行き、発車いたします」

「ま、待って！　乗ります、乗りますから！」

ギリギリ間に合った彼女は、息を切らしながら列車の入り口で切符を見せる。

途中走りながら急いでアイスクリームを食べたせいで、ほとんど味わうことができなかった。仕方がない、時間を気にしていなかった彼女が悪いのだから。

列車はポーッと音を立てて発車した。

車内は空いており、横三席になっている椅子の、好きな席に座れる状態になっている。

一一両編成のこの列車は、三、六、九と三の倍数の車両が個室車両になっている。

一応一人用個室を使える切符を買ったので、いつでも個室で休むことはできるが、とりあえず座席でしばらく休むことにする。ついでに、先ほど止まっていた時計も直しておく。

「こちら〜飲み物に〜弁当〜、甘味に土産〜。欲しいものがあればさっさと買っていけ〜」

やる気のない間延びした声で売り子がやって来た。

エスポワールは、先ほどそれなりの距離を走ったせいで喉が渇いていたので、お茶とカチカチに冷えているアイスクリームを買った。

アイスクリームを食べている時がエスポワールは一番幸せだ。

列車が駅から出た時にふと外を見やると、深い青の宇宙《うみ》に星たちと銀河が輝き、魚が泳いでいる景色が瞳に映った。

この宇宙《うみ》は死海になっており、今までいた駅とは完全に切り離された世界となっている。

彼女がいつか見たような気がするその光景は、美しくも恐ろしい吸い込まれそうなものだった。


何時間走っただろうか。エスポワールは窓越しに魚と遊んでいて、車内放送を聞き逃すところだった。

「次はパルク・ダトラクション、パルク・ダトラクション。降りる際にはお忘れ物のなきようによろしくお願いいたします。次いでお乗りになるお客さまに関しましては、こちらの列車は一週間停車休憩をさせますので、それまではパルク・ダトラクションの観光をお楽しみくださいませ。繰り返します、次は……」

放送は到着二〇分前に流れることになっているらしい。

彼女はパルク・ダトラクションへ来たのは初めてだったので、どのような場所なのかと微かに見える街並みを目に少しワクワクしていた。

「お嬢さん」

不意に声をかけられて見てみると、おばあさんが正面の座席に腰を下ろしていた。いつの間に来たのだろうか、全くもって気がつかなかった。

「私ですか？」

「私の目の前にお嬢さんは一人しかいないよ」

おばあさんは笑顔で彼女を見ている。不思議に思うが笑顔で返す。

「お嬢さんはなぜこの列車に？」

おばあさんの質問に、少し遅れて答える。

「自分探しの旅ですかね」

「旅ですか。では終着駅まで行かれるのですか？」

エスポワールは肯定する。

おばあさんの質問が終わったので、次はエスポワールがおばあさんに同じ質問をする。

「私はねえ、孫に会いに行くんだよ」

「お孫さんですか？」

「ええ。とても可愛らしくてねえ、今は何だったかしら、楽器を頑張っているらしいのよ。

いつかお祖母ちゃんにも聞かせたいと言ってねえ、もうとにかく可愛いんだよ。あの子の可愛さは銀河一さ」

おばあさんは細い目をさらに細めて優しい笑顔で話してくれる。そんな彼女にエスポワールも嬉しくなる。

「本当に可愛くて。胸が苦しくなる」

先ほどまでの笑顔は消え、虚空を仰ぐように宇宙《うみ》を見ては、おばあさんは小さな溜息をついた。

おばあさんとおしゃべりをしていると、再び放送が流れた。

「間もなく、パルク・ダトラクション、パルク・ダトラクション。お忘れ物のなきようお願いします。繰り返します。間もなくパルク・ダトラクション……」

放送が終わる頃にパルク・ダトラクションの駅へと列車が入っていった。

この列車に乗り込んだ駅もそれなりの賑わいを見せていたが、こちらも負けじと人が多い。

座席に忘れ物がないか確認してから列車を降りると、いきなり目の前から声をかけられた。

「やあ！　お嬢さん！」

「きゃぁ！」

驚いて短い悲鳴を漏らした。しかし賑わう駅では声はかき消されるだけだった。

「ごめんごめん。お嬢さんはここは初めてかな？」

道化師の姿をした男は、笑いながら話を進める。

「え、ええ。そうですけど。よく分かりましたね」

「なに、ここで何年もこんなことをしていれば、誰が初めて来たかなんてことはすぐに分かるもんさ」

クルクル回ったり、バク転をしたりと忙しそうな彼にエスポワールは短く挨拶をしてこの場から去ろうとした。

しかし肩を掴まれて逃げ出せなかった。

「どこへ行こうというのかな、お嬢さん。初めてということなら僕の話を聞いていこうよ」

「いえ、私は別に……」

「えー、ここはパルク・ダトラクション！」

彼はエスポワールの言葉を無視してここの案内を始めた。

「観覧車にメリーゴーラウンド、ジェットコースターにフリーフォール！　遊園地の様々な遊具がここには揃っているよ！　因みに僕の一番のおすすめは中央通りのパレード！　夜になるとキラキラと光って幻想的！　一度は見るのをおすすめするよ！」

クルクルクルクル回って跳んで、忙しない彼の動きについていくのがやっとで、あまり話を聞いていなかった。

「それでは良い観光をお楽しみください。Aussi《また》!」

そう高らかに言って、エスポワールに観光案内パンフレットを押し付け、人ごみの中へと消えていった。

パンフレットには「Bienvenue Parc d'attractions《パルク・ダトラクションへようこそ》!」と書かれていた。

1　夢のトロンボーン

Premier jour　—初日—

話を聞いてあ然としているうちに人が捌けたのか、駅構内の人数は減っていた。

そう思ったのも束の間、少し構内を移動しただけで人が溢れ返っていた。

人の波をかき分けて出口を抜けるとそこは、光と夢に満ちた遊園地だった。

おちゃらけた楽しい雰囲気の音楽に、子供の声が反響し、アトラクションからは悲鳴と楽しそうな笑い声が聞こえている。

とりあえずは一週間を過ごすための宿探しだ。先ほどおかしな道化師から貰ったパンフレットを確認する。

『ここは輝きと夢に満ちた遊園地。あなたに一時の夢を』と謳い文句が書かれた下の地図を見る。

まず、エスポワールがいるのは中央の遊園地。かなりの広さを有し一週間あっても回れるのか怪しい。さらにその周りに家屋が建っているようだ。

遊園地の中には高層ホテルがあるようだが、落ち着いた所でゆっくりしたかったので、とりあえず遊園地の中央通りから外へと出ることにした。

中央通りには道を隔てて左右に様々な店が立ち並ぶ。土産屋に食事処、キャラクターとの記念撮影ができる記念館などがある。

出入り口まで来ると大きな門の前に門兵が、おもちゃの鉄砲を担いで立っていた。

「あの、この先に行きたいのですが」

門兵はエスポワールより上にある頭を少し動かして見下ろす。

「あなたは観光客ですか？」

「そうです。宿を探していて、この先にあると思うのですが」

「宿でしたらこの道を真っすぐに戻って、四つ目の曲がり角を左右に曲がるとどちらにも桃色の高層ホテルがありますので、そちらをお使いください」

そうは言われたが、どうしても静かな所で休みたいと言うと門兵は困った顔をして、どうしてもというのであれば、と門を開けてくれた。

「どうぞお気をつけて行ってらっしゃいませ」

何か気をつけることがあるのだろうか。確かに物盗りなどには気をつけるが、あんなに深刻そうな顔をしなくてもいいとエスポワールは思った。

遊園地を出た彼女はあ然とした。先ほどまでいた場所とは明らかに雰囲気が変わっていた。

遊園地と住宅地なのだから雰囲気が違って当然なのかもしれないが、簡単に片付けられるほどの変化ではなかった。

「静かすぎじゃない？」

あちらとこちらは完全に遮断されているらしく、あちらの音は何も聞こえなくなっている。

住宅地はあちらにも負けないほどの光を煌々と放ち、視界はこれでもかというほどうるさかった。

中央辺りにはこの場所ほとんどを管理する中央棟が建ち、辺りの家屋にも明かりがついていた。見たところ活気があってもおかしくないのだが、人っ子一人見当たらない。

「皆、遊園地の方へ行っているのかな」

しかし人の気配は感じ取ることができる。どうやらほとんどの家には人がいるようだ。カーテンは閉まってはいるが中の明かりに人影が浮かび上がっている。

視線を感じる気味の悪い住宅地で宿を探しながら歩いていると、錆びた公園へと行き着いた。言葉の通り、寂れたではなく錆びた公園だ。

錆びついた遊具にへたった草花、蔦が絡まる赤い壁。見るも無残だった。観察するのもほどほどにして、宿のある方へと足を進める。

しばらく進んで右手に曲がると、目の前の家屋の扉がバン！　と開き、中から女の子が出てきた。何やら声を上げて怒っている様子だ。

「もうお母さんなんて知らない！　分からずや！」

後から出てきたのは母親らしき人物だ。

「こら！　待ちなさいレーヴ！」

レーヴと呼ばれた少女を母親らしき人物が追いかける。

何事かとしばらくその場で固まっていると、先ほど女の子が飛び出してきた家の中から見知った人物が出てきた。

「おや。あなたは先ほどの」

その人は列車の中で出会ったおばあさんだった。

「あなたはまたどうしてここに」

「宿を探しているんです。この辺りにあると思うのですが」

「それならそこを左に曲がって真っすぐに行けば、すぐに着きますよ」

エスポワールはお礼を言ってその場を後にした。


探していた宿は寂れていて、お化け屋敷のような外観だった。こちらには観光客はほとんど来ることはないだろうから、それも無理はないのだろう。

中に入って宿主の老夫婦に一週間の滞在を伝えて料金を渡し、二階の雑草だらけな公園が見える部屋の鍵を貰った。

しばらく部屋で荷物の整理や、手帳にこれからの予定などを書き込んで一息ついていた。

窓を開けて外を眺めていると、ガサガサと外から草むらをかき分けているような音が聞こえてきた。

窓の下を覗き込むと、長く伸びた雑草の中で人間の頭らしきものが動いて見えた。雑草の高さから見て子供のものだろう。

(何だろうあれ)

しばらく見ていると頭らしきものはサッと草むらの中に隠れた。

辺りは照明と中央棟の光で明るくても時間は夜。こんな時間に小さな子供が一人で出歩くのは危ないだろうと思った。だから放っておけなかった。

宿の主に外出の旨を伝えて、裏の公園へと向かう。

公園に着くと、腰ほどの高さのある雑草をかき分けてずんずんと進んでいく。雑草が肌にこすれてくすぐったい。

奥まで来ると、かき分けた草の中から女の子が出てきた。女の子は涙の痕が付いた顔を、エスポワールへと向ける。

「お姉さんだあれ？」

エスポワールは軽く笑顔を作り、姿勢を低くして答える。

「私はエスポワール。あなたはこんな所で何をしているのですか？」

女の子はしばらく黙っていたが、徐に立ち上がりエスポワールの上着の裾を掴む。

「どうかしましたか？」

「……お姉さんここの人？」

「いいえ。ただの旅行客。あなたすぐそこの子ですよね？　早くおうちに帰らないと親御さんが心配していますよ」

そう言うと女の子は全力で頭を振った。

「帰りたくない」

「どうしてですか？」

「お姉さんの宿に連れていって。お願い、明日の朝には帰るから」

エスポワールは悩んだ。

きっとこのまま家に帰すと言ったら逃げられてしまうだろう。しかし、このまま宿へ連れ帰ってしまうと自分は誘拐犯としての烙印を押されてしまうかもしれない。

答えの決まらないエスポワールに女の子は大丈夫だと言う。

「ここは夜に子供が出歩いていても誰も咎めないから。お願いお姉さん、少しでいいからあたしのお話を聞いて」

女の子の真剣なお願いに折れたエスポワールは、話を聞き終わったらすぐに家に連れて帰ろうと決め、宿で話を聞くことに決めた。

宿に戻る途中、女の子はレーヴだと名乗ってくれた。

部屋までは宿の主に怪しまれることなく、レーヴを連れてくることができた。

「好きな所に座って。……お茶でいいかな。お茶しかないけど」

コップの中から湯気を上げるお茶を机の上に二つ置く。

レーヴはお茶の熱を冷ましてから、少しずつ口の中へと流し込む。

落ち着きを取り戻したレーヴはゆっくりと口を開いて、なぜあのような場所にいたのか話してくれた。

「あたしね、お母さんと喧嘩したの」

それはエスポワールにも何となく分かっていた。先ほど家から出てくる様子からそのような感じがあったから。

「あたし、昔からコントラバスをお母さんから習っているんだけど、本当はトロンボーンを演奏したいの」

「コントラバスは嫌いなんですか？」

そうエスポワールが聞くとレーヴはフルフルと首を横に振った。

「別に嫌いじゃない。ないけど……。お姉さん、コントラバスって見たことある？　アレって持ち上げて演奏できないの。床に付けないと重すぎて演奏できない」

「何か支障があるのですか？」

レーヴは今までとは違う様子でエスポワールを一心に見つめる。エスポワールは少し驚いたが彼女の次の言葉を待った。

「あたし夢があるの。お姉さんは遊園地の中央通りは見てきた？」

「ええ。そこを通って来ましたから」

「そう。ここではね、夜になったらその中央通りでパレードを開くの。沢山のキャストの人たちや音楽隊、キャラクターたちが練り歩くの。あたしはそこのパレード楽団に入って皆と一緒にお客さんを笑顔にしたい。だから歩くことのできないコントラバスじゃあダメなの。それにあたしはコントラバスより、トロンボーンの音色の方が好きなんだ」

「そのことはお母さんに？」

「言ったら、……怒られちゃった」

レーヴは、たははと困ったように笑った。

「あたしのお母さんね、ここのサンフォニー楽団の団長さんなの」

サンフォニー楽団の所有するホールは、とても広く美しい外観を誇っているとレーヴは言う。

収容人数は四五〇〇人。パルク・ダトラクションの西エリアにある一番大きな建物だ。そこでは三日に一度、オーケストラの大きな公演が開かれている。

「お母さんはね、あたしをサンフォニー楽団に入れたいの。だからあたしがパレード楽団に入ることを反対するの」

「あの、失礼かもしれないのですが、お父さんは……」

「お父さんは中央棟の職員でね、なかなか会えない。ね、お姉さんはどこから来たの？」

エスポワールはいきなりのことに口籠るが、誤魔化すことでもないと正直に話した。

「モー《mort》・ガール《gare》ですよ」

それを聞いたレーヴは少し驚いたが、すぐに元に戻った。

「そっか。じゃあ中央棟のこと知らないんだね」

エスポワールのいたモー・ガールには町全体を監視する中央棟はない。他の場所とは造りが大きく異なっている。駅に特化した町なのだ。

「中央棟はね、ここの全てを護る監視塔なの。異変があればすぐに、死神か管理職員たちが駆けつける。特にここは裏表がはっきりしているって言われるくらいに治安が悪いの。だからなのか、特に警備が厳しいし皆あんまり家から出てこない」

レーヴの話を聞いてエスポワールは合点がいった。なぜこちら側は人が少ないのか。なぜどこの家もカーテンを閉め切っているのか。なぜ誰も家出の少女を見ても何も言わないのか。

ここの住民全員、死神と管理職員が怖かったのだ。

死神の本職は魂を狩ることだが、ここでは警察のような役割を持つ者もいる。

「えっと、話を戻すのですが。レーヴさんはお母さんを説得したいのですか？」

「ううん。説得は無理」

レーヴは真顔で言い切った。

「だから今度、四日後に行われるパレード楽団の試験を受けて、合格してお母さんを納得させる。あたしがしたいのはパレードでの演奏だって分からせてやるんだから」

レーヴの瞳には熱が籠っていた。それだけやる気なのだ。

「もう練習などはされているのですか」

先ほどまでの涙の付いた顔は消え去り、彼女は笑顔で答えた。

「もちろん！　お母さんには内緒で先生に教えてもらっているの」

「そうなんですか。頑張ってくださいね」

「何言ってるの？　お姉さんも手伝うんだよ」

「……え……？」

エスポワールから間の抜けた声が出た。

そんなことを言われるとは思ってもいなかった。なぜなのかレーヴに問う。

「今まで先生と二人きりで練習してたんだけど、緊張感の中で練習してたからあんまり楽しくできてないの。でもね……」

レーヴはエスポワールの手を握りしめて、笑顔で続ける。

「お姉さんとなら楽しく練習できそうなの。あたし友達らしい友達もいないから、お姉さんさえ良ければ一緒に練習に付き合ってくれない？　きっと楽しいと思うの！」

子供というモノは時々すっ飛んでいる。

エスポワールはこの一週間を遊園地の方で遊んで時間をつぶそうかと思っていたが、レーヴの夢を見るキラキラした瞳を向けられると断る気持ちが失せてしまう。

「分かりました。一週間は猶予があるので先生と三人で頑張りましょう！」

「うん！」

レーヴはとびっきりの笑顔で答えた。

Jour deux　―二日目―

朝日が昇っても、ここでは中央棟の光が差し込んでくるせいで夜でも朝でもあまり変わらない。それでも体内時計は作動する。目を覚ましたエスポワールは時計を見る。時刻は六時。

彼女の隣では、レーヴが静かに寝息を立てている。結局昨夜は彼女をここに置いてしまったのだ。

エスポワールはレーヴを起こさないようにベッドから降りる。

顔を洗って、寝巻きから私服に着替える。そして腰の辺りに懐中時計をぶら下げる。これで彼女の準備は完了だ。

レーヴが起きてくる前に、備え付けの小さなキッチンで朝食を手軽に作る。作っていた時の音に目を覚ましたのか、レーヴが唸り声を上げる。

「ううう……。朝……？」

「そうですよ。おはようございますレーヴさん」

「おはよう、お姉さん」

レーヴは眠い目をこすって、ベッドから起き上がる。大きな欠伸をするとエスポワールに笑われた。

「ふふ、昨夜はよく眠れましたか？」

レーヴは、うん、と答えて顔を洗う。

朝食のいい香りにお腹を鳴らしながら着替えを行う。

レーヴが着替え終わる頃には朝食は作り終わっていた。テーブルにはパンと目玉焼き、ベーコンと緑黄色野菜、お茶の入ったコップが並んでいる。

「いただきまーす！」

パンに目玉焼きとベーコンと野菜を挟んで食べる。レーヴは美味しいのか、嬉しそうに食べる。

「美味しいですか？」

「うん、美味しい、ありがとうお姉さん」

「いいんですよ。こんな簡単なもので喜んでもらえて、私も嬉しいです」

朝食を食べ終え、一通りの準備を終わらせると、レーヴは早く先生の所に行こうとせがむ。

さっさと宿から出たレーヴを見ると、宿の主人に出かける旨を伝えて、エスポワールは先を行くレーヴを追いかけた。

先生の家は、宿から一五分ほど歩いた所にあった。外観は周りと何も変わらない一戸建て。少し小高い所に建っている。

「せーんせい。せんせーい！　こんにちはー！　レーヴでーす！　開けてくださーい！」

どんどんと玄関扉を叩く。しかし人が出てくる気配はなかった。だからレーヴは精いっぱいの大声を出した。

「せーんーせーいーー！」

「うるせえ！　朝っぱらから騒ぐんじゃねえ！」

隣人に怒鳴られた。

「す、すみません！」

エスポワールはすぐに謝る。隣人は二人を睨みつけながら、出していた顔をひっこめた。

「もう八時だけど」

「……起床時間は人それぞれですから」

エスポワールも八時では朝っぱらではないとは思いつつ、何も言わないことにした。

「仕様がないから、裏から回ろう」

「え、そんな勝手なことをしては」

「だいじょーぶ。あたしいつもこっちから入ってるから。早く来て」

話しながら裏手に回るレーヴを急いで追いかける。草木の茂る裏庭に回ると、レーヴは裏手にある室外機を登り、水道パイプを器用につたっている。二階のベランダに着くと、なぜか開いている窓から中に入る。

そして、ベッドの上で寝息を立てている人物の上に乗って軽く跳ねる。

「先生おはよう！　朝だよ！　起ーきて！」

先生と呼ばれた人物は唸り声を上げる。かと思えば、またすぐに寝息を立て始める。それにムッとしたレーヴは、先生の耳元で叫ぶ。

「せんせーい!!　おっはようございまーす！　もう八時ですよー！」

先生はレーヴの声に、うっすらと目を覚ます。

「な～に～。ん、レーヴ。どこから……」

「今日も室外機登った！」

「今日も元気だね。今起きるからちょっと退いてね」

レーヴは言われた通りにササッと退き、ベッドの隣でウキウキしながら待っている。

ベッドから降りながら先生は、大きな欠伸をする。頭を掻いて部屋から出ていく。それにレーヴはついていく。

「あのね、先生。今日はお友達を連れてきたの」

「レーヴ、友達できたの？　良かったね。どんな人？」

「先生より少し若いお姉さん！」

「そっか、今は玄関にいるのかな？」

「ううん。裏庭！」

階段を下りていた先生の足が止まった。

「今なんて？」

「ん？　裏庭」

「レーヴ。そういうことは早く言おうか」

先生は鬱蒼とした庭に人を置き去りにしたことに驚いて、急いで玄関を出て裏庭へと回る。

草木をかき分けて見つけたのは、おろおろとレーヴのことを心配しているエスポワールだった。

「お嬢さん」

先生の声に、エスポワールは振り向く。

「ごめんね、こんな所で一人にして」

「あ、私別に怪しいものじゃ」

「ああ、分かってる分かってる」

「お姉さん」

先生の後ろからレーヴが顔を覗かせた。

「あ、レーヴさん。……じゃあ、この人が？」

レーヴは先生に手を伸ばして言った。

「そうだよ、この人があたしの話してた先生」

「レーヴ、先に言うことがあるでしょう」

レーヴは何のことか分かっていない。

「こんな雑木林みたいな所にお嬢さんを置き去りにしたんだから」

「あ。ごめんなさいお姉さん。心配かけて。こんな所に一人にして」

頭を下げるレーヴに、エスポワールは笑顔で大丈夫だと返事をした。

こんな所ではゆっくり話もできないと、先生は裏庭を出て家の中にエスポワールを案内してくれた。

先生の家の居間は簡素なものだった。机と椅子、台所、観賞魚の水槽と観葉植物の置かれた低い台があるだけだった。

「さて、改めて自己紹介をしよう」

「この人はあたしの楽器の先生！　先生、こちらは昨日会ったお友達のエスポワールお姉さん！」

エスポワールが自己紹介をしようとした時、レーヴが二人を交互に紹介した。彼女はどこか満足そうだ。

「えっと。ありがとうレーヴ」

先生はわしゃわしゃとレーヴの頭を撫でる。レーヴは嬉しそうだった。

「えーっと。エスポワールさん？　は、どこから来たのかな？」

「モー・ガールです」

先生の表情が険しくなった。エスポワールは不安そうな顔になる。

「先生どうしたの？」

「レーヴ。彼女とはいつ会ったの」

「昨日の晩だけど」

レーヴはいつもと違う先生の雰囲気に怖くなる。

先生はエスポワールを舐め回すように観察する。エスポワールは困惑し、レーヴはよく分からずに二人を見守っている。

先生は次いでレーヴを見る。そしてもう一回エスポワールを見る。

「ふむ。様子見かな」

「……あのう」

「ん〜。ごめんね。変なことをして。レーヴの友達だから、変な子じゃないよね」

先生はふんわりした雰囲気に戻った。今のは一体何だったのか。エスポワールには知る由もなかった。

「さて、じゃあとりあえず練習に移ろうか」

「はーい、先生。お姉さんついて来て」

そう言ってエスポワールの手を引いて、部屋から出ていく。

戻ってきた彼女たちの腕の中には、トロンボーン、譜面台、楽譜、チューナー、メトロノーム、などなど様々なものが納まっていた。

「さあ！　やるよ！」

「お、いつもとやる気が違うね。じゃあ、いつも通り音合わせから」

「はい！」

一つ音を出す。音程を合わせる。音を出す、音程を合わせる。それを繰り返し、音程の合ったところで、初めに楽譜のワンフレーズを吹いてみる。

力強い音が部屋の中へ響き渡る。元気いっぱいに遠くまで音が通るように吹く。

納得のいかない音があったのか、もう一度チューニングをしてみる。そしてもう一度同じフレーズを吹く。調子がいいのか、そのまま一曲を吹ききる。

レーヴは深呼吸をして、エスポワールに感想を求める。

「どうだった？　お姉さん」

エスポワールは真剣な表情でレーヴを見ていて、反応をしない。

「お姉さん？」

もう一度声をかけると彼女は反応した。初めは呼ばれたことにすら気がついていなかったようだ。

「ごめんなさい。なんでしょうか」

「もう、ちゃんと聞いててよ。あたしの演奏どうだった？」

「演奏に問題はあまりないと思います。ただ、音のずれと途中で苦しくなるのか音が出てこない箇所があります。多分ずっと同じ音域で演奏しているからだと思います」

そこまで言い終えて、二人が呆然と自分を見ていることにエスポワールは気がついた。

エスポワールが戸惑っているとレーヴが声を上げた。

「すごい。すごいよお姉さん！　そんな的確なアドバイスを貰ったの初めて！」

レーヴは楽器を布の上に置いて、エスポワールに抱きついた。

「え、でも先生に教えてもらっていたんじゃあ」

先生の方に視線を向ける。

「私は全くの楽器初心者だよ。楽譜なんてきちんと読めるようになったのは、半年前さ」

先生は笑顔で答えた。そんなことで今までどのようにして練習をしてきたのだろうか。

謎ではあるが、とにかく試験まで日がない。さっそく次に移る。

「レーヴさん、一度どのくらいの間吹いていられるのか聞いてみたいので、吹いてもらってもいいですか？」

「うん！」

レーヴは再び楽器を構え、息をいっぱい吸い込みトロンボーンの音を出す。

一定の音が数十秒流れた。肺活量に問題はなさそうだ。

「一度、試験がどういうものなのか教えてもらえますか？」

教えてくれたのは先生だった。

演奏の試験は、自分を表現できているかで審査される。演奏の良し悪しはもちろん採点対象だが、それよりも表現の方を重要視されるのだ。パレードはただ演奏するだけでは、見る者を楽しませられない。どれだけ自分の楽しさ、遊園地の楽しさを表現できるかが重要なのだ。

「なるほど。レーヴさんはどのように表現しようとしているのですか？」

「この子は元気が取り柄だからね、とにかく力強くいこうと思っているんだけど」

と先生。

「それではいけません。たとえ元気が取り柄でも、それ以外がないとは思えません。もう少し曲に強弱をつけた方が良いと思います。私と初めて会った時は、泣いていましたよね。悲しみは誰でも抱えているものですから、そこを少し取り入れてみてはどうでしょうか」

エスポワールは、楽譜を手に取りノートに、少しアレンジを加えた譜面を書き記した。

譜面は一〇分ほどで出来上がった。

「このような感じでどうでしょうか」

ノートの楽譜は、中盤の辺りを書き換え、強いところから徐々に弱く、弱いところからは一拍置き、すぐに強くなるようにした。元気だったのが何かがあり落ち込む。それでもすぐに自分を取り戻して強く前を向く。そんな感じで書き直した。

「おぉー。ちょっと吹いてみるね」

レーヴは再び楽器を手に取る。初めから吹いて先ほどより強弱をつける。そして中盤辺りでエスポワールの譜面を演奏する。

一曲吹き終えたレーヴは、どうだった？　と興奮気味に聞いてきた。

「うん、さっきのよりはいいと思う」

先生は驚きを隠せないでいる。

「すごいねお姉さん。何か音楽をやってたの？」

「私は……！」

答えようとして言葉に詰まった。何をやっていたのか思い出せない。何かはやっていたはずなのに、それを思い出せない。思い出そうとすると視界が歪む。

「お姉さん無理しないで」

レーヴが心配そうにエスポワールの手を取る。

「うん。ありがとう、ごめんなさい心配かけて」

「じゃあ次は、休憩を取ってからにしようか」

エスポワールを訝しげに見ていた先生がそう提案した。

練習は夜まで続き、短針は既に九を指していた。

中央棟の光が照らす中、エスポワールとレーヴは家屋の並ぶ坂道を歩いていた。

坂道を、たたたとレーヴは小走りに駆けてゆく。

「お姉さん早くー」

「ちょ、ちょっと待ってくださーい」

エスポワールはこけないようにブレーキをかけながら坂道を駆ける。

平地に着いてようやく一息ついた。

家と宿にそれぞれ帰る途中、試験の話になった。この試験はいつどのようにやっているのか。

試験は三年に一度、一年間を通して行われる。初めに筆記と面接、それに合格すれば半年後に体力テスト。それにも合格すればさらに半年後演奏のテストを受けることができる。レーヴは既に最初の二つをパスしていて、あとは演奏の試験を残すのみだった。

「レーヴさん、昨日家を飛び出したのは、試験を受けたいことをお母さんに断られたからと言っていませんでしたか？」

「うん、そうだよ。どうして？」

「いえ、試験の話を出すには遅すぎるなあ、と思いまして」

レーヴは、親に反対されたのは一年かかる試験ではない、先生と会うことだということを見破られ、驚きに足を止めた。

「お姉さんってもしかして探偵さん？」

エスポワールは違うと首を横に振る。

「あたしあの時、先生ともう会うなって言われて。なんでって聞いたら、なんでもって言われて。それで喧嘩したの」

話しながらレーヴは再び歩みを進める。彼女の後ろを歩くエスポワールには、その背中が少し寂しそうに見えた。

「先生はね、一年と半年前にあたしが陸の端で拾ったの」

「拾った？　先生はここの出身ではないのですか？」

「うん。なんか遠い所から来たんだって」

二人はゆっくりと歩みを進めながらレーヴの家に向かう。

「その時は先生真っ黒い服着て、傷だらけで……泣いてたの。どうしたのって聞いても何も答えてくれないから、とりあえず家はどこって聞いたの。そしたら遠い所って。ずっとずっと、この宇宙《うみ》の遠くから来たって言ってた」

レーヴは宇宙《うみ》を見上げる。それにつられてエスポワールも上を向く。

中央棟の光に遮られてあまりよくは見えない。星も魚も見えない。微かに輝く何かは認識できる。

ここではあまり宇宙《うみ》を仰ぐ人はいない。見ても代わり映えしない空があるだけだから。見るほど時間がないから。外になかなか出てこないから。出たら何が起こるか分からないから。空はここの住民にとって、あまり良いものではないから。

それでもレーヴは空が好きだった。空の先、中央棟の光のさらにその先に何があるのかずっと気になっている。遊園地や駅に行けば見ることはできるが、彼女は家から見える遊園地とは別の空が見たかった。

「先生は帰る家がないって言うから、あたしの家に連れていったの。そしたらお母さんもお父さんも嫌そうな顔をして、追い出そうとした。でもケガもしてたし、可哀想だと思ったからあたしは嫌だって言ったの。そしたらお父さんが手当てしてから、家の準備とか色々してくれて、あたしが先生の家に遊びに行くと、先生いっぱい笑ってくれるようになったの。それが嬉しかった。先生は全然悪い人じゃないのに、お母さんはあたしが先生に近づくのが嫌みたい」

「どうしてでしょうか。あの方は初めましての私でも悪い方には見えませんでしたが」

いくら考えても分からない。

先生は心を許したレーヴにも自分のことは話していない。名前すらも教えていない。それをレーヴは無理に聞こうとはしない。初めは気になりすぎて無理に聞こうとしていたが、そのたびに先生は、怒っているような悲しんでいるような、複雑な表情を見せるから、無理に聞こうとはもう思っていない。

レーヴの家に着いて、エスポワールとはここで一度さよならをする。

昨日のことを気にしているのか、レーヴはエスポワールの袖をぎゅっと掴んで、顔をこわばらせている。

「大丈夫ですよ。何かあれば、また私の所か先生の所に来てください。力になりますから」

「お姉さん。……うん、ありがとう。とにかくあたし頑張るから」

玄関のドアノブに手をかける前に、レーヴはエスポワールを振り返る。

「お姉さん、良かったらあたしのことはレーヴって呼んで！　あたしもお姉さんのことはえっちゃんって呼ぶから！　また明日ね、えっちゃん！」

いきなりのことで驚いたが、それをすぐに受け入れた。

「はい、また明日。レーヴ」

家に入る前のレーヴは笑っていた。友達だから呼び捨てで呼んでもらいたかったのだろう。エスポワールも初めての渾名は嬉しかった。友達だからこその呼び方に心が躍る。

エスポワールが彼女の家から離れようとした時、中から怒鳴り声が聞こえた。何を言っているのかは分からない。無断で外泊をしていたことを怒られているのか。先生の所に行っていたからなのか。気になりながらも、エスポワールは宿へと戻っていった。

Jour trois ―三日目―

集合場所は先生の家と決めていたのだが、時間になってもレーヴが来ない。

昨日エスポワールが聞いた怒鳴り声はやはり怒られていたのだろうか。それで今日は家から出られないのかもしれない。

今日はもう解散しようかと先生が言った時、玄関と居間の扉が、バンッ、バンッ！　と力強く開かれた。

「もう最悪！　お母さんあたしのこと部屋に閉じ込めたの！　四日も出るなって言うの！　そんなんじゃ試験に出られなくなっちゃうっていうのに！」

何やらお怒りでレーヴが部屋まで入ってきた。

昨夜は帰るといきなり怒鳴り声を上げられた。その日は父はおらず、母だけだった。母が怒っていたのは、無断で外泊したことだった。今までそんなことで怒ったことはなかった。レーヴはすぐにそれは建前だということが分かった。本音は先生の所に行っていたことだったのだ。レーヴがこんなに夜遅くに帰ってくる時は大抵、拗ねた時か先生の所に入り浸っている時だった。

特に今は試験が近く、行く所としてはそこしかありえなかった。

レーヴはカンカンになりながらソファに腰かける。

「えっちゃんも最悪だと思わない⁉」

「そうですね。でもレーヴのことを思って言ってくれているのではないですか？」

「そんなことないもん……」

頬を膨らませて拗ねてしまったレーヴは、目を逸らす。

「はいはい、拗ねるのはそこまで」

パンパンッと手を叩いて先生が注目を集める。

「もう時間がないんだから。今回頑張ってお母さんにぎゃふんと言わせるんでしょう？ ならさっさと練習に取りかかるよ」

レーヴも自分の頬を叩いて、気合を入れる。

「頑張りまっす！」

頬を赤くして彼女は張り切った。

今日の練習は昨日とほとんど同じ。試験まであと二日しか練習ができない。だからもう最終調整と、とにかく練習することしかできない。

少しずつ音程のまとまりがきちんとできるようになってきている。素人同然の先生との練習はほとんど、基本的なことしかやっていない。それでも一日で単調だった音に、感情を乗せることができたのは、レーヴが元から音楽をやっていたこともあるのだろう。

レーヴは夢に向かって一直線だ。周りがなんと言おうと自分の意見を押し通す力がある。それは制御できなければ、きっと傷になることもあるだろう。しかしその制御しきれない状態にあるからこそ、彼女はきっとここまで来られたのだろう。

お昼を過ぎて一時頃に休憩を挟むことになった。

先生は今朝の二人のやり取りで、ずっと気になっていたことを話題に出した。

「そう言えば、二人はいつの間にそんなに仲良くなったの？」

エスポワールはレーヴを呼び捨てで、レーヴはエスポワールを渾名で呼ぶようになった。きっとそのことを聞いているのだろう。

「昨日の帰りにね、あたしがえっちゃんって呼ぶから、えっちゃんはレーヴって呼んでねって、話したの」

ほとんどレーヴの一方的な決めつけだったが、エスポワールも嬉しかったので問題はない。

「ね、私にも何か渾名付けて？」

「えー、だって先生は先生だもん。それに先生は名前教えてくれないし」

痛いところを突かれたという顔をした。確かに先生は自分の名前を名乗ったことはない。それ以前に名乗れない。ここで名乗ればすぐに見つかってしまうだろうから。出来損ないの先生には、もう居場所がここしか残されていなかった。

レーヴとエスポワールは、そんな先生の想いをよそに、「先ちゃん」だのなぜか先生の最後の文字を取って「いっちゃん」だの、色々な渾名を考えている。結局は良い名が思いつかずに、先生は先生のままとなった。

それでも良かった、『先生』はレーヴがつけてくれた『名』だったから。

今日の練習は二三時にまで及んだ。

「今日も遅くなってしまいましたね」

エスポワールは懐中時計に目をやって言う。それをレーヴがぴょんぴょんと覗き見る。

エスポワールは、腕を少し下げて彼女にも見えるようにする。

「ずっと気になってたんだけど、なんでこの時計はこんなに窪んでるの？」

時計には針を止めるための中央金具、零《ゼロ》と偶数の数のところ、合計七カ所に小さな窪みがある。なぜなのかはエスポワールも知らない。初めからそうなっているのだからそういうものなのだろうと気にしていなかった。

帰る途中、坂を下り終わった頃、彼女たちの後ろから男の声がかかった。

「レーヴ？」

声をかけられたレーヴは足を止めた。そして振り向いた。そこにいたのは彼女の父親だった。

「お父さん……おかえり」

「ああ、ただいま。お前はこんな時間にこんな所で何をしているんだ。それにその女は誰だ」

父の鋭い目がレーヴを貫く。

「お姉さんはあたしの友達！　どこに行ってたのかは絶対に教えない！」

レーヴはエスポワールの腕に抱きつく。少し力が強い。

父はエスポワールに厳しい目を向ける。自分の娘が知らぬ間に、女性といえど見知らぬ人にこんなに懐いていては、誰でも警戒はするだろう。

「初めまして。俺はレーヴの父です」

それでも彼は、レーヴがこれ以上機嫌を損ねないように対応する。

「初めまして、エスポワールです」

エスポワールも自己紹介を返す。三人の間に緊張が走る。エスポワールは何を口に出していいのか分からない。相手の出方を見るが、何も行動を起こしてこない。

「えっちゃん、もう行こう」

レーヴがぐいぐいとエスポワールの袖を引っ張る。

「えっちゃん……？」

「そうだよ、お姉さんの渾名。あたしが付けたの。ほら、早く行こう」

グイッと腕を引っ張られて、躓きそうになりながらもエスポワールはレーヴについていく。エスポワールは、背中に父親の強い視線を感じた。彼も静かについてくる。エスポワールは、もうどうしていいのか分からない。

「エスポワールさんはどちらの出身で」

初めに口を開いたのは父だった。なぜそんなことを聞くのかはエスポワールには分からない。先生もそうだが、何か出身で分かることがあるのだろうか。

「モー・ガールです」

正直にそう言った。隠す理由もないから。しかしこの時ばかりは、隠した方が良かったのかもしれない。きっと彼の怒りを買ったのだろう、父は足を速めてレーヴの腕を強引に引っ張った。

「いたっ！　何お父さん」

レーヴが父の方を見上げれば、彼は怖い顔をしてエスポワールを睨みつけていた。

「帰るぞ」

「今帰ってるでしょ……痛い！　お父さん、あたし自分で歩けるから、引っ張らないで！」

父は娘の話など聞いていない。レーヴは腕を振り払おうとするが、父の力が強くて振り払えない。

「二度とあの女に近づくな」

「なんでそんなこと言うの！」

「いいから親の言うことを聞きなさい！」

父は声を荒げて、娘を黙らせようとする。娘はそれに負けじと声を張り上げる。

「いや！　えっちゃんはあたしの大切な友達だもん！　どうしてあたしの友達にそんなひどいことを言うの⁉」

レーヴは父に反抗しようと、足に力を入れてその場に留まろうとするが、ずるずると引きずられてしまう。

「モー・ガールから来た者など碌な奴がいない。得体の知れない奴に関われば、お前がどうなるかも分からないんだぞ」

「えっちゃんはひどいことしないもん！　ここの人たちの方がよっぽど、あたしにひどいことするのに！　なんであたしから友達も先生も奪っていこうとするの⁉」

レーヴの必死の言葉に父は足を止めた。腰を低くして娘の視線に合わせる。

「レーヴ、俺は何もお前から全部取るつもりは……」

「もうお父さんなんて知らない！　大っ嫌い！　もう絶対に帰らないんだから！」

レーヴはそれだけ言って走り出した。エスポワールの泊まる宿へと。

エスポワールは、こういう時どのように対応していいのか分からない。分からないから、彼に頭を下げて、レーヴを追いかける。一人にしておくのは心配だ。何か起こる前に早めに追いつかなければ。

エスポワールはレーヴを宿のすぐ傍で捕まえた。レーヴは俯いて力なく座り込む。

「レーヴ」

声をかけても反応しない。エスポワールは彼女を抱えて、宿の部屋へと戻る。

レーヴをベッドに座らせる。エスポワールは、お茶を用意して机に二つ並べる。彼女はレーヴが話すまで何も聞かないと決めた。それまでしばらく沈黙が続いた。

「嫌いって言っちゃった」

レーヴは泣きそうになっていた。エスポワールが父に傷つけられたことへの怒りと、勢いで言い放ってしまった心にもない言葉。レーヴは父に吐き捨てた後、彼の顔は見てはいない。

でもきっと悲しい顔をしているということだけは何となく分かった。後悔が彼女の中で駆け巡っていた。

「えっちゃん、あたしどうしたらいいのかな。お父さんにあんなこと言っちゃって……。もう本当に帰れないよ」

レーヴは俯いたままエスポワールに聞いてもらおうとする。独り言ではない、彼女はそこまで強くはない。

「レーヴはどうしたいのですか？」

これは自分で行きたい方向を決めなければならないと、エスポワールは思った。そうでないと自分のためにならないから。

「謝りたい。謝りたいけど。でも今は戻れない。わがままかもしれないけど、あたし、この試験が終わるまでは、やっぱり……」

レーヴの中で謝りたい気持ちと、家に帰りたくない気持ちが戦っている。今家に帰ってしまえば、今度は本当に家から出してもらえなくなるかもしれない。彼女は家族から嫌われてでも、夢を選んだ。

「えっちゃん、あたし絶対に夢を叶えるからね」

「ええ。いつまでも応援しますよ。頑張りましょうね、レーヴ」

Jour quatre　―四日目―

エスポワールが参加しての練習三日目。最後の練習の日。

今日のレーヴはとにかく気合が入っていた。

合格して両親に認めてもらいたい。全て終わらせて父に謝りたい。早く一人前の演奏者になりたい。そんな想いがレーヴを強くしている。

数時間の練習を経て、今は小休憩を挟んでいる。

「レーヴは上達が早いので、すぐに私が教えることはなくなりましたね」

「そんなことないよ。えっちゃんが教えるのすごく上手だから、こんなに早く上達できたんだよ。先生じゃこんなこと絶対になかったもん」

レーヴの背後から、頭にチョップが入った。

「いったーい！　何するの先生！」

「悪かったねー、初心者だからきちんとしたこと教えられなくて」

「そんなことないよー、先生も優しく教えてくれるから、すっごく助かったよー」

少しの感情も籠っていない言い方で、先生を見上げる。

先生は、こんにゃろう、とレーヴの頭を軽くこねくり回す。レーヴは、あーあーあー、と声を上げて軽く抵抗する。それでもレーヴは構ってもらえて嬉しそうだった。

「さあ！　今日は明日のために早めに練習を終わりにするんですから、さっさと練習を再開しましょう！」

エスポワールの言葉に、レーヴは気合を入れるために、おー！　と声を上げた。

二時間ほど練習をしている時に、エスポワールは一つの視線を感じ取った。背後の窓を振り返るが、そこに人はいない。生い茂る草が頭を覗かせているだけだった。

「どうかした？」

先生が不思議そうにエスポワールに尋ねる。

「いえ、何か視線を感じた気がするのですが……。きっと気のせいですね」

先生はその言葉を聞いて、窓を開ける。左右を見ても誰もいない。ただ草が踏みつぶされた跡があった。

「先生何かあった？」

地面を見つめている先生の背に、レーヴはぴょんっと飛び乗る。

「いや、何にもないよ。練習に戻ろうか」

レーヴを背から下ろして、ガラガラと窓を閉めた。

「うん！　あともう少しがんばろー！」

今夜の練習は晩ご飯の前まで続いた。

夜が更けて、寝る前に楽器の手入れ、明日の準備を済ませる。

今夜は先生の家に泊まる。エスポワールの泊まっている宿まで行くには、両親に会いそうで怖かった。

準備を一通り終わらせて、レーヴは布団に入った。

「えっちゃん、あたしきちんとできるかなあ」

レーヴはエスポワールの手を握っている。そうするだけで少し安心できる。

「心配しなくても大丈夫ですよ。ここまで頑張ってきたんですから、努力は報われますよ。自信を持ってください」

布団をかぶっているレーヴに、エスポワールは優しく温かく、応援する。

「うん。ありがとうえっちゃん。おやすみなさい」

「おやすみなさい。レーヴ」

エスポワールはレーヴが眠りにつくまで手を離さなかった。

Jour cinquieme　―五日目―

パレード楽団の試験は三つ。

初めに筆記と面接。パレード楽団への入団希望の動機。

二つ目に身体能力と体力テスト。あの長い中央通りを重い楽器を演奏して練り歩くのだ。体力がなければついていけない。

三つ目は演奏の試験。自分の担当したい楽器で自分を表現する。

これを何千人という人の中から三年に一度、三人から五人程度を採用する。

レーヴは面接と身体能力の試験は既に終わり、合格しているので残りは演奏での試験のみである。

演奏の最終選考は一五人から絞り込まれる。

とても狭き門だが、ここの目玉の仕事だ、それだけ人気があり、やりがいもある。


先生の家の、まだ日が昇る前の玄関でエスポワールが何やら慌てた様子で、レーヴを心配そうにしていた。

「鞄は持った？　ハンカチとティッシュは？　受験票と、あとあと水筒と楽器と……」

これから試験会場に行こうとしているレーヴより、エスポワールの方が緊張して彼女を質問攻めにしている。

ずっとそわそわしているエスポワールをレーヴは冷めた目で見ている。

「あのねー、なんでえっちゃんがそんなに慌ててるの。あたしの試験なのに」

「だって心配なんだもの！　きちんと合格できるかなとか、しっかりと力は発揮できるかな、とか」

心配しすぎて言葉が止まらないエスポワールの後ろから、力の入っていない間延びした声が発せられた。

「ふぁっあ〜。あ〜、なに？　もう出る時間？」

枕を持ち眠そうに瞼をこする先生は、ゆっくりやって来てレーヴの頭を撫でる。

「頑張ってね〜、合否はともかく、これはあなたにとっては大切な一歩なんだから」

「ふふん！　任せて！　あたしは絶対にやり遂げて見せるから！」

レーヴは気合を入れるために両方の頬をパンッと叩く。それから先生とエスポワールと握手を交わしてから、大荷物を持って試験会場へと出発した。

そんな彼女の顔は心配などせずともキラキラして、生き生きして、希望と力が籠っていた。

レーヴの後ろ姿が見えなくなって、ようやくエスポワールが口を開いた。

「さすがにこういう時は早起きをするんですね。安心しました」

「まあ、教え子の初の挑戦、試験日だからね。せめてお見送りはしないと」

優しい笑顔でずっと前を見つめ続けるエスポワール。優しい風が心地よく吹く中、大丈夫だと、彼女を信じて宿へと戻ろうとする。

「ねえ」

先生の制止に振り返り、何かと尋ねる。

「ちょっとお話ししない？」

真剣な先生の瞳にエスポワールは首を傾げる。疑問に思いながらも承諾をして、二人で先生の家へと入っていく。

先生はお茶とお茶菓子を用意する。何か手伝おうかとエスポワールが申し出たが断られた。

ソファに座っていてくれと先生に言われ、その通りに柔らかいソファに座って彼女を待つ。

お盆にコップと皿をのせて、先生はそれらを机に並べる。

先生は静かにエスポワールの前の椅子に座る。

少しお茶で喉を潤してから、エスポワールは口を開いた。

「お話とは一体何なのでしょうか？」

手にコップを持っていた先生は、コトッと机にコップを置く。先生は視線をエスポワールに合わせ、目を据えて話を切り出す。

「今回は本当にありがとう。あなたがモー・ガール出身だと聞いた時はどうなるかと思ったけど、なんとかなるね」

「どういう意味ですか？」

エスポワールは今までにない先生の雰囲気に気圧されそうになっている。

「どうもこうもないよ。言葉のままの意味。モー・ガールなんてただの死者の集まりじゃないか。私はなぜ死神たちがあの場所を大切にしているかが分からない」

死者の場所だと言われて黙っていられるほど、エスポワールは人間ができていない。まず故郷を侮辱されて気持ちのいい人はそうそういないだろう。

「なんてことを言うのですか！　あなたはあそこに行ったことがあるのですか!?」

「ないよ」

「憶測で侮辱しないでください！　あそこは綺麗な所です。いい人が多いですし、第一あそこは私の故郷です。あまり悪く言わないでください」

エスポワールの台詞に先生は何かピンと来たのか眉をひそめた。

「あなた、あそこはどんな場所か知ってる？」

「なんですかいきなり」

「いいから答えて」

不思議に思いながらもエスポワールは答えを返す。

「大きな駅舎が中央にあるレトロな雰囲気が特徴的な場所です。路線は十数本あり、この世界で一番大きな場所です」

「うん。そうだね。それだけ？」

「ええ。モー・ガールの基本的な説明はこのようなものかと。他にあげるとするなら、死者の町ではないです。皆さんきちんと生きています。家屋が立ち並んでいて、お店は繁盛している賑やかな場所です」

「ふーん。まあいいや。こんな話何の益にもならないからね。私にはもう何の意味もなさないし」

独り呟く先生の雰囲気は、先ほどとは比べられないほど穏やかになっていた。この数日先生を見てきたが、エスポワールは未だに先生がどのような人なのかが掴めない。

「レーヴ。合格するといいね」

先生はエスポワールに笑顔を向けた。ころころ変わる先生の態度に翻弄されつつも、本心を告げた。

「ええ、本当に。私が一緒にいたのはほんの一時でしたが、頑張って力を発揮できていることを願います」

日が傾き、カラスが鳴き、月が輝き始める時間。先生の家の玄関扉がバンッ！　と開いた。

「終わったー！」

レーヴは鼓膜が裂けんばかりの大声を出して、居間の扉をバンッ！　と、玄関と同じように開けた。

「レーヴ！　どうでしたか？　全力を出せましたか？　結果はどうですか？」

エスポワールは矢継ぎ早に質問する。

扉を開いて間もなくレーヴの前に現れたせいで、レーヴが面食らっている。

「こーら、エスポワール。レーヴが固まってしまったよ」

「あ、ごめんなさい。私落ち着きがなくなって」

レーヴはフルフルと頭を振る。

「大丈夫！　全力は出せた！　あとは結果次第！」

グッと笑顔で親指を突き出す。

「結果が出るのは明日だっけ？」

「うん。明日のお昼。そ・れ・ま・で・は……寝る！　疲れた！　おやすみなさい！」

そう言ってレーヴは部屋を出ていった。

「ちょっと！　お風呂には入りなさい！　歯磨きもして！」

「はーい！　先生！」

レーヴは部屋に上がることをやめて、急いでお風呂へと向かう。

「ひとまず安心ですね」

「そうだね。笑顔で帰ってきて安心した。先生ももう疲れたよ」

「ゆっくり休んでください」

「うん。君もね。明日は寝坊しないでね。結果発表。みんなで見に行くんだから」

そう言われてエスポワールはクスッと笑った。

「それはこちらの台詞です」

Jour six ―六日目―

翌日のお昼、もう出る時間だというのに、先生が二階から下りてこない。

「先生どうしたのかな？」

二人が心配する中、先生は自室で寝息を立てていた。

二人は先生を叩き起こして、着替えさせ、靴も履かせた。

「さあ！　準備ができました！」

「先生しゃっきりして！」

「う～ん。それでは～、発表会場へ～」

「しゅっぱーつっ！」

エスポワールとレーヴが、先生を引っ張って会場へと連れていく。

発表は中央通りの楽器店の前で行われる。この発表は一二時ちょうどに始まり、一人ずつ合格者を発表していく。今回の合格者は三人と少ない。

お昼の鐘が鳴った。楽器店は外まで人が溢れ返っている。

「それでは皆さまお待ちかね。これよりパレード楽団試験の合格者発表を執り行います」

辺りが拍手に包まれる。

「ではさっそく参りましょう。まず一人目！」

その場にいた全員が固唾を呑む。

「一人目！　ユリーさん！　おめでとうございます！」

ユリーと呼ばれた二〇歳くらいの女性は、嬉しさのあまり泣き出した。泣きながら司会者の前に出る。

おめでとうございます、と司会者から合格証書を貰う。

レーヴの肩が落ちる。しかし頭を振り、もう一度顔を上げる。落ち込むのは終わってから。そう自分に言い聞かせる。

次に二人目が呼ばれた。こちらも二〇代の女性だった。反応は先ほどの女性と同じ。

残り一人になった時。辺りに緊張が走る。レーヴは大丈夫だと自分に言い聞かせる。

「最後の一人です」

レーヴは祈る。ここまできて祈っても、意味がないのは分かっている。それでも祈らずにはいられない。

「最後はこの方！」

司会者が最後の一人の名を告げた。

それは、一〇代の男性の名だった。


キィ、キィと錆びたブランコの軋む音が聞こえる。動くのも不思議なブランコはレーヴを乗せていた。

中央棟の光が眩しくて嫌になる。馬鹿にされているみたいで、反抗したくなる。

母の言うことを聞いておけば良かったんだ。逆らうからこうなる。夢など初めから見なければ良かったんだ。そう笑いながら光っているように感じられた。

「うるさい」

そう言っても光は収まらない。

「うるさい。うるさいうるさいうるさい！」

そう言って耳を塞ぎ、ブランコに座ったまま俯く。

その視線の先に人影が映った。

そこにいたのはエスポワールだった。

会場から出て、横を走り去っていくレーヴの心情を察し、エスポワールは心当たりを探し、レーヴを見つけたのだった。

「お姉さん」

ショックが強かったのか、エスポワールへの呼び名が初対面の時に戻っていた。

エスポワールはレーヴの前に跪いた。錆びた地面は膝が痛くなる。

金属がないはずなのに錆びている。それだけこの公園はひどかった。今にも壊れそうだった。希望を失ったレーヴのように。

「あはは、合格できなかった。あたし、これじゃあ家に帰れないよ……」

泣きそうになるのを堪える。ここまで応援してくれた人の前では、泣けなかった。泣きたくなかった。

「レーヴ」

エスポワールの包み込むような優しい声に、意思が崩れそうになる。

「なあに、お姉さん」

「泣いていいんですよ」

レーヴの気持ちは見抜かれていた。隠していたつもりでいても、レーヴの声音がもう限界だった。

「ここには私しかいませんから。レーヴ。お疲れさま。よく頑張りました。一度休みましょう?」

崩れた。

保っていたダムが全てなくなった。

レーヴは大声で泣きながら、エスポワールに抱きつく。年相応に泣きじゃくる。

「うああああぁぁぁぁ‼　あっあ、うぅ。ああああああっぁぁぁあ‼　あたしぃ！　頑張ったのに！　誰にも負けないように頑張ったのにぃ！　なんで！　なんでぇ……！」

ずっと泣いていた。レーヴの気が済むまでエスポワールはそこにいた。レーヴが我を忘れて、怒りをぶつけるように彼女を叩いても、殴っても、ひっかいても。何も言わずに、レーヴが離すまでそこにいた。

エスポワールはたった三日ほど練習に付き合っただけだったが、それでもレーヴにとっては特別な存在になっていた。

それだけエスポワールとの練習は楽しかった。

それだけ彼女との時間は特別だった。一緒にいて楽しかった。先生とだけでは得られないものが、そこにはあった。

彼女がいたから試験も緊張せずに受けることができた。レーヴは、エスポワールにお礼が言いたかった。しかし今は泣くことで精いっぱいだった。

エスポワールとレーヴは、家並みの中をゆっくりと歩いている。

「いいんですか？」

エスポワールは、左手の先にいるレーヴに問いかける。

「うん。もう決めた。もう一度お母さんに言って、それで駄目なら諦める。それにお父さんにきちんと謝らないと」

レーヴは夢をまだ諦めてはいない。それでもけじめをつけるために、母と話をする。それが彼女の覚悟。

家の前に着いた。レーヴの手が震える。手を握っているエスポワールにも、その震えが伝わる。エスポワールがぎゅっと手を握れば、彼女はエスポワールの顔を見上げる。

そしてまた覚悟を決める。

扉を開ける。そこにいたのは、レーヴの母と父だった。

「ただいま」

「……お帰り」

母の反応が少し遅れた。母は椅子から立ち上がり、玄関へ向かう。

「あなたがエスポワールさんですね？」

エスポワールはレーヴの母に知られていることに驚いた。それでも静かに頷き、肯定する。

そして母は中に入るように促す。エスポワールは促されるままについていく。

沈黙が流れる。

初めに声を出したのはレーヴだった。

「お母さん。あたし、パレード楽団の試験を受けた」

両親は静かに聞いている。決して反応は見せない。

「でも、落ちちゃった。すごく悔しかった。ずっとお母さんたちに内緒で練習して。遊ぶのも我慢して練習して。辛くて吐きそうになったけど我慢した。でも、落ちちゃった。でも後悔はしてない。あたし全力を出したから」

レーヴは両親を真っすぐに見つめて、頭を下げた。

「勝手なことをしてごめんなさい」

怒られても仕様がないと思った。それだけ、両親は彼女のことを心配していた。それはレーヴも何となく分かっていた。

「レーヴ。顔を上げて」

優しい声だった。

レーヴは言われた通りに頭を上げた。そこには安心した両親の顔があった。

「お母さん？　お父さん？」

「頑張ったんだね。レーヴ」

父の声も優しかった。全てを許す声音だった。

「レーヴ。ごめんね。あなたを否定してしまって。ごめんね。あなたの夢を否定して。私は、どうしてもあなたに私たちの楽団に入ってほしかった。それが私たちの家系だから。コントラバスを受け継ぐ家系だから。たったそれだけのことで、あなたを束縛しようとした。ごめんね。レーヴ」

「お母さん……」

「お前の頑張りは、全て先生から聞いている」

「え……？　なんで？」

「先生は俺たちに、レーヴを一度でいいから任せてほしい、と言った。俺たちは初めは断ったんだ。それでも先生は諦めずにここに来た。一度でいいからチャンスをくれと。俺は楽団を継ぐわけじゃないから、良いと言ったんだ」

「……けど、私は諦めたくなかった。パレード楽団に合格すれば、レーヴはもうこちらには来ない。そう思ったから、諦めたくなかった」

母の声はどんどん小さくなる。

「でも、二度、あなたの練習する姿を見た。初めは先生とだけの練習。それを見た時は、稚拙な指導に優しすぎる練習。あんなんじゃ上達なんかするわけがないと思った。二度目は試験の前日に」

母は遠くを見るように、天を仰ぐ。エスポワールの感じた視線は、レーヴの母のものだったのだ。

「楽しそうだった。エスポワールさんの指導は優しくて情熱的だった。的確な指導で常に寄り添っていた。私との練習では、あんな楽しそうな顔見せたことなかったのに」

母はエスポワールに視線を向ける。

「エスポワールさんが部屋に入ると、あなたは特に笑顔を見せたの。会ったばかりのはずなのに。私、それが悔しかった。でも何となく、私と彼女の違いに気がついてしまった。……私、レーヴにあんなに笑顔を見せて、一緒に練習なんてしてこなかった。ああしろ、こうしろと言っては、寄り添わなかった。でも、彼女と先生はずっとレーヴの傍にいた。ああ、これが足りなかったのかな、って思った。それだけあなたを束縛して、あろうことか絞め殺そうとしていた。その時気がついたの。私はレーヴのためと言いながら、自分のことしか考えていなかった。ごめんねレーヴ。苦しめて。ごめんね」

母は泣き出しそうになっていた。それだけ子供のことを大切に思っていた。

「あたしも、わがまま言ってごめんなさい」

母はそんなことはないと、頭を横に振る。わがままは子供の時に沢山言ってほしかった。大人になってからはそうそうできるものではないから。

「お母さん。お父さん」

レーヴは今の自分の願いを両親に伝える。ここで伝えないと、きっと逃がしてしまう。

「あのね。あたしもう一度、試験を受けたい。もう一度。今度はもっと練習時間を増やして挑みたいの。お願い。もう一度チャンスをちょうだい。一度だけでいい。それでだめなら諦めるから」

母は涙を拭き、レーヴを見据える。彼女も覚悟を決めた。

「良いでしょう」

レーヴは満面の笑みを見せる。

「ただし」

すぐに顔が引き締まる。

「六年間だけです。それ以上は時間をあげられません。六年間の受験で合格できなければ、サンフォニー楽団に入ってもらいます」

パレード楽団試験は三年に一度なので、受けられる回数は残り二回。

そう言われることは予想していた。レーヴも覚悟を決めたのだ。それを承諾する。

「しかしその時は、あなたのやりたい楽器を演奏しなさい」

母は優しく笑った。

「いいの？」

「ええ。ただし、あなたにその楽器を扱う才能があれば、だけどね」

レーヴは嬉しくなり、椅子から降りて母に抱きついた。

「ありがとう！　お母さん！」

「これからはもっと頑張りなさい」

「俺たちはいつまでも、レーヴを応援するよ」

「ありがとう。お父さん。……あのねお父さん」

「ん？　なんだい？」

レーヴは父の目を見て、ごめんなさいの気持ちを込めた。

「お父さん！　あのね、大っ嫌いなんて言ってごめんなさい！　あたし本当はお父さんのこと大好きなのに、勢いで言っちゃって、すごく後悔して……。本当にごめんなさい！」

頭を深々と下げる。父はそんなことかとレーヴを抱きしめた。

「いいんだ。あの時は父さんも悪かった。レーヴの友達を出身だけで判断してしまって。お前を悲しませてしまって。でもこれだけは信じてくれ、俺たちは何もレーヴから全てを奪いたかったわけじゃあないんだ。本当にごめんよ、レーヴ」

母も加わり、三人で抱きしめ合った。お互いのぬくもりを一身に感じて、とても幸せだった。

エスポワールは彼らから少し離れた所におばあさんと一緒にいた。

おばあさんが話しかけてきた。

「あの子も、昔は私にはむかったものさ。どうしてもコントラバスは嫌だ。チェロが良い、ってね。それでも私は、あの子を最高峰のコントラバス演奏者に育て上げた」

おばあさんはどこか、懐かしむ目をしている。

「あの子もいつしか反抗をやめて、コントラバスに全力を注ぐようになった。その時は本当に嬉しかった。やっと良さに気がついてもらえたとね。今夜は、本音を聞いてみようかねえ」

エスポワールにはそのような家系がないから分からない。家系を大切にする。家訓を尊重する。護ってきたものを護りきる。それはきっと誇らしいことなのだろう。すごいことなのだろう。

しかし自分の心を押し殺してまでも、護る必要があるものなのか。自分を殺してまで護ったものは、一体自分の何になるのだろう。

レーヴを抱きしめていた母は彼女から離れ、エスポワールへと近づく。

「このたびは本当にありがとうございます」

そう言って頭を下げる。エスポワールは、やめてください、頭を上げてくれと頼む。

「あなたと会ってからなのか、明らかにあの子の顔が明るくなったんです。ここは見て分かる通り人の出入りが少なく、友達などできる環境ではないんです。それに私が閉じ込めていたために、遊園地の方にも行けず」

母はエスポワールの手を取った。

「あなたが初めての友人だったんだと思います。あの子を救ってくれて、本当にあなたと先生には頭が上がらない」

「レーヴといて私も楽しかったですし、友達と思っていてくれているなんて、私もすごく嬉しかったです。こちらこそ、ありがとうございます。レーヴも、ありがとう」

母の後ろにいるレーヴに目線を向ける。すると彼女は、ニカッと笑って応えてくれた。

「先日はすまなかった。君のことを勝手に決めつけてしまって」

「いえ、そんな。確かに出身のことであれだけ言われたのは初めてでしたが、会ったばかりの見知らぬ人間を警戒する気持ちは分かります」

だからと言って、なぜあれだけ言われなければいけないのかは分からない。それは今の状況で聞くべきではないと、エスポワールは判断した。

少し離れていた母が彼女の所へと戻ってきた。

「これはほんの少しのお礼なのですが」

そう言って母が、箪笥の上から取ってきた箱の中には、チケットが数枚入っていた。

「一つは遊園地の乗り物乗り放題チケット。もう一つはサンフォニー楽団のチケットです。よろしければレーヴと一緒に行ってやってください」

母はそのチケットをエスポワールに握らせる。絶対に行けと言われているようだ。

エスポワールは迷わずにそのチケットを受け取る。

列車が出るのは明後日だ、時間は短いが一日ある。今日は休んで明日、めいっぱい遊ぼうと思った。

「じゃあえっちゃん、今から行こう！」

レーヴに手を引かれた。

「え、でも疲れていません？」

「大丈夫！　えっちゃん明後日には出ちゃうんでしょう？　それじゃあ、今から遊びに行かないと！」

キラキラと輝く瞳に逆らえなかった。エスポワールはレーヴに引っ張られる形で、レーヴ宅を出た。

冷たくも明るいパルク・ダトラクションの住宅街を抜け、遊園地への入り口で手続きを済ませる。

門を潜ったその先は、光と夢の遊園地。賑やかだけれど耳触りの良い音楽、子供たちの声に、アトラクションからの悲鳴。全てが心を弾ませ、自然と楽しくなる。

門を潜ったところで二人は声をかけられた。その声の主は、壁にもたれかかって腕を組んでいた先生だった。

「先生！」

レーヴが小走りで先生に近づき、そのまま抱きついた。

「やあ、さっきぶり。ご両親との話はどうだった？」

「お母さんもお父さんもあたしを応援してくれるって！　六年間は猛特訓するから！　先生も付き合って！」

「うん。いいよ。どこまでも君についていこう」

「あ、あとそれから。先生、あたしのためにお母さんたちに色々してくれてありがとう！さっき聞いたけど、嬉しかった！」

抱きついて離れないレーヴの頭を、先生は優しく撫でる。そんな先生は、一歩引いていたエスポワールを手招きする。

エスポワールが先生に近づくと、そのまま抱き寄せられる。

「先生？　あの、恥ずかしいです……」

大勢の人たちの前で三人は団子状態になっている。しかしエスポワールたち以外の人は遊園地に夢中で、他のことなど気にする様子はない。

一向に放してくれない先生に、二人は頭を傾げる。

どうしたのかと声をかける前に、先生は彼女たちから手を離した。見ると先生はいつもの様子でそこにいた。そこにいてくれた。

再びどうしたのかと声をかけようとしたが、その前に二人の手を引っ張って遊園地の方へと連れていかれた。

先生の心理は分からない。先生は自分のことを話したがらないから、何も聞けない。しかし、二人はそれで良かった。先生は先生だから。それだけで良かった。

三人は眠たくなるまで遊園地を回った。一番初めに落ちたのは、レーヴだった。試験と両親との話で緊張しっぱなしだった。その糸が切れたせいか、疲れがどっと出たのだろう。二、三か所アトラクションを回ってから、すぐに眠ってしまった。

三人は先生がいつの間にか取ってくれていたホテルへと足を運んだ。

dernier jour　—最終日—

翌日のレーヴは元気いっぱいだった。

昨夜は回れなかったから、とエスポワールと先生は叩き起こされた。エスポワールは寝ぼけ眼で目を覚ました。先生は目を覚ますために洗面台へ行き、水の中に顔を沈めた。エスポワールの頭はそれを見た時に完全に覚めた。

遊園地は朝から賑わっている。愉快な演奏が園内スピーカーから流れている。昨夜の疲れはどこへやら。レーヴははしゃぎ、疲れ知らずだった。

午前中はとにかく絶叫系の乗り物を回った。レーヴと先生は楽しそうだったが、エスポワールは一つ目でギブアップした。

昼前にもう一つ乗ってみたのだが、気持ち悪さがかなり続き、昼時になっても食事が喉を通らなかった。

少し休憩を挟んで、昼食後はあまり激しさのない乗り物に乗ることになった。

ただコーヒーカップはエスポワールにとっては地獄だった。レーヴがハンドルを回す回す。そのせいか吐き気がものすごい勢いで襲ってきた。先生は三半規管が強いのか、けろっとしていた。レーヴは心配そうにエスポワールの背中を撫でた。

気分を変えるためにジェラートを頬張りながら、次のアトラクションの列に並ぶ。人が多いせいか時間がかかるが、待っている間も友人たちとおしゃべりしながら楽しく過ごすのも、醍醐味の一つだろう。

もうすぐ暗くなる時間帯。エスポワールたちは観覧車に乗っていた。ゆっくり回る景色には惚れ惚れするものがある。

四分の一ほど回ったところで、レーヴが話を切り出した。

「えっちゃん、一週間本当にありがとう。あたしすごく楽しかった」

いきなりのことにエスポワールは少し動揺する。

「え、どうしたんですか急に」

レーヴはこの一週間のお礼に、どうしても渡したいものがあるという。何かとウキウキしながら彼女の次の行動を待つ。

ガサゴソと鞄の中から出したのは、一つの小さな石だった。桃色に輝くそれは冷たくもどこか温かかった。

「これは?」

「うんとね。先生とお礼は何が良いかなって話していた時にね、えっちゃんの懐中時計の穴に填まるモノがいいかなと思って、色々探してたらね、先生がこれが良いんじゃないかって。綺麗な石だったから、きっと懐中時計にも合うと思うの」

無邪気で活発な瞳は輝いていた。エスポワールの反応が、どのように返ってくるのかが楽しみでならないと、目で訴えかけてくる。

「ありがとうございます。大切にしますね」

エスポワールはその石を胸の前でしっかりと包み込む。

「ね、さっそくつけてみて」

嬉しそうにするレーヴに、エスポワールも嬉しくなり、さっそく懐中時計の零《ゼロ》の部分に石を填める。

するとエスポワールの中に、何か流れ込んでくるような衝撃が走った。

暗い部屋の中。

冷たい床。

何かを削る音。

少女は必死に扉を叩く。

『お母さま！　もう練習さぼったりしないから！　もう二度とクラリネットなんて触らないから！　だからここから出して！　お母さま！』

ドンドンと必死に扉を叩く。どんなに手が痛くなろうとも叩き続ける。

声を荒げる。

『もうジャズなんて絶対に聞かないから！　クラシックだけに専念するから！　お願い、ここから出して……お母さまぁ』

少女の目に涙が浮かぶ。すると扉が開いて、明かりと人影が部屋に入ってくる。

『お母さま……』

女は少女を見下ろす。

『その言葉に嘘偽りはありませんね』

『ありません。だからぁ……お母さまぁ、ここから出してぇ……うぅ』

そこで映像が途切れた。

今のは一体何だったのか。エスポワールには分からない。ただ一つだけは分かった。これは自分の記憶なのだと。なぜかは分からない。母と思われる人の顔さえ思い出せない。自分にはこのような過去はあっただろうかと、思い悩む。

彼女を現実に引き戻したのは、レーヴの声だった。

「えっちゃん！　どう？　どう？　見せて、どんな感じ？」

言われるがままにレーヴに懐中時計を渡す。どうやら時間はさほど経っていないらしく、先ほど記憶を見る前と三人とも同じ姿勢だった。

「綺麗だね。透き通って見える。もっとあれば良かったんだけど、これ一つしかなくて」

「一つでも十分嬉しいですよ。本当にお二人ともありがとうございます」

レーヴも先生も嬉しくて笑顔を見せた。

レーヴは、ふと外を見ると大声を上げた。

「どうかしましたか？」

驚きながらも外を見てみると、観覧車の真下でパレード楽団が演奏をしている最中だった。

「ちょっと乗るのが早かったかな」

「どういうことですか？」

「どうせならえっちゃんにここのてっぺんで見てほしくて」

「あら、ここでも十分ですよ。ありがとうレーヴ」

彼女はえへへ、と笑った。次にレーヴが指差した場所は下ではなく正面にある駅の方だった。

そこには広大な宇宙《うみ》が広がっていた。

「パレードもそうだけど、この景色も見てもらいたかったの。ここで宇宙《うみ》を見られる数少ない場所だったから」

「そう、なんですか」

エスポワールはこの景色を見ていると、なぜか悲しくなってくる。この広大な宇宙《うみ》で一人漂っているような感覚が彼女を襲う。

「えっちゃん、降りたらすぐにパレードを追いかけるから、頑張ってあたしについて来てね」

エスポワールの横に移動して、ちょこんとレーヴは座った。

「分かりました。全力で追いかけましょうね」

「うん！」

先生ははしゃぐ子供をなだめるように、注意を促す。

「あんまり他の客に迷惑かけないようにね」

「はーい！」

「ええ、もちろんです」

観覧車を降りた三人は、駅の方へとパレードを追いかける。パレードは中央通りを抜けた後、駅の出入り口前で必ず演奏を披露することになっている。演奏者が楽器を奏で、踊り子が踊る。その中には、エスポワールがここに来て初めて会ったピエロの姿もあった。

三〇分ほどの演奏と踊りが終わり、客がばらけていく。後に残ったのは高揚感と煌めきとちょっとした物悲しさだった。

「えっちゃん、顔真っ赤だね」

「そういうレーヴはちょっと泣いていません？」

指摘されて、レーヴは袖で目元を拭う。

「泣いてないもん。感動しただけだから」

レーヴは顔を真っ赤にして、エスポワールに泣いてないと笑顔を向ける。

本当は試験の結果を思い出して、少し悲しくなったのだ。

「さて、君たちはこれからどうするのかな。もう晩ご飯の時間だけど」

「この後サンフォニー楽団の音楽聴きに行くの。先生も行くでしょう？」

先生は悲しげな顔をして言った。

「先生はあそこには入れないんだ。だから今日一緒にいることができるのは、ご飯までかな」

「えー、なんでー」

「チケットがないのなら買ってきましょうか？」

エスポワールはチケットの問題だと思った。しかし、先生は頭を振ってそれを否定する。

「チケットの問題じゃあない。言葉通りに入ることができないんだ。だから二人で楽しんできて」

「えー、やーだー。先生も一緒がいーいー」

レーヴは駄々をこねる。それでも先生は一歩も引かない。

「レーヴ今回は諦めましょう。レーヴは先生といつでも聴きに行くことができるんですから」

「いーやーあー。先生とえっちゃんと三人一緒がいーの！」

レーヴの駄々に二人はどうしたものかと肩をすくめる。

先生は視線をレーヴに合わせる。

「そうだレーヴ。じゃあこうしよう。君たちが出てくるまで先生は、外で待っているから二人で楽しんできて」

「……どうしても、入れないの？」

「うん。ごめんよ」

レーヴはぎゅっと先生に抱きつく。

「絶対に外で待っててね。一緒に帰るんだから」

「約束するよ、レーヴ。エスポワール、レーヴをよろしく」

「ええ。任せてください。先生の分まで楽しんできますね」

遊園地の食堂で晩ご飯を食べてから、サンフォニー楽団のホールへと赴く。

辺りは中央通りやアトラクションのある所とは違い、人が少なく、静かで落ち着ける一時が過ごせる場所になっている。

中は外から見るより広く、既に客でいっぱいになっていた。

エスポワールたちの貰ったチケットは、二階の真ん中の辺りの席で、五人ほど座ることのできる特等席だった。

演奏が始まろうという時刻になっても彼女たちの特等席には誰も来ない。レーヴの母が特別に取ってくれたのだろう。

もうしばらくすると一〇分前の放送が流れた。

『間もなく、サンフォニー楽団による演奏を開始いたします。音の鳴る物は全て電源をお切りください。飲食はご遠慮ください。避難の際は、誘導灯を頼りにスタッフの指示に従ってください。……繰り返します。間もなく……』

「楽しみだね、えっちゃん」

「そうですね。どんな演奏が始まるのでしょうか。わくわくしますね」

始まる直前、ブザーが鳴った。辺りが静まり返る。

幕が上がるとまず、指揮者が入り、観客に向かい一礼を行う。その後すぐに一曲目が始まる。一曲目は情熱的で、歓迎を表すために初めに演奏する曲になっている。続けて二曲目、三曲目と続く。そして三曲目が終わると、指揮者と団長であるレーヴの母の挨拶が入る。

会場は熱気に包まれたまま、次の曲に移る。今度は優しい音色の落ち着く雰囲気の曲になっている。

自然と曲の世界に入ることができる。それくらい引き込まれるものだった。

一時間ほど演奏してから一五分の休憩に入る。その後はまた、一時間の演奏になる。

演奏者が少し入れ替わり、再開された。

第二部は、ストーリー性のある楽曲が続く。

姫と王子の辛く切ないラブストーリー。初めは出会いを表現し、中間部では情熱的に、最後は二人の恋は叶わずに物悲しさが残る音楽となる。

ストーリー音楽の後は、優しく落ち着きのある二曲で締められた。会場を包み込む拍手が盛大に上がった。

熱を帯びたまま、二人は会場を後にした。外の冷たい風が頬を撫でる。気持ちがいい。

「すごかったですね。なんだか胸が熱くなって、まだ頭の中にメロディーが流れてます」

耳を塞げば、再び音楽の世界に入り込むことができる。胸に刻まれるような演奏だった。

二人は先生の待つ遊園地の食堂へ向かった。

向かった先で先生は、フライドポテトを食べている。

「せんせーい！　ただいまー！」

先生のいる席までレーヴは駆け寄る。それに気がついた先生は笑顔でレーヴを受け止めた。

「お帰り。どうだった？　楽しかった？」

先生はレーヴに残っていたフライドポテトを渡す。彼女はそれをお礼を言って受け取る。

「楽しかったよ！　なんか一人で聴いている時よりも楽しかった。最近はお父さんも忙しくて一緒に聴きに来てくれないから」

「そうだねぇ。いい思い出になったかな」

「うん！　今度は絶対に三人で……ううん、お母さんもお父さんも皆で一緒に聴きに行こうね！」

先生はその願いが叶わないことを知っていながらも、彼女の笑顔を壊したくなくてそれに応える。

「えっちゃんも楽しかったでしょう？　今度はみんなで行こうね！」

「ええ。また行きましょう」

先生は楽しそうにくすくす笑う。

「でもレーヴ、お母さんは演奏者だから、一緒には見られないね」

言われて気がついたのか、彼女は驚いた顔を見せる。

「あ！　そうだった！　でもでも、一回くらいお母さんも聴く側に回ってもいいと思うの。ね、ね？」

レーヴは必死だ。それだけ今の時間と家族の時間の両方が大切なのだ。

「そうだね。じゃあ今度はそうしてくれるように、頼み込まないとね」

「頑張ることが増えた!?　でもでも、頑張る！　えっちゃんもその時は絶対に来てね！」

「ええ、もちろん」

エスポワールは微笑んで答えた。

もう時計の針も一二時を回ろうとしている。さすがにレーヴも眠くなったのか、大きな欠伸をする。

食堂から出て、人の少ない煌びやかな中央通りを通って遊園地を後にした。

明日はエスポワールの出発が早い。

レーヴはエスポワールとの最後の夜を過ごしたいと、彼女の泊まる宿で眠ることになった。

「えっちゃん。……あたし、えっちゃんと会えて……嬉しかったぁ……。もっとお話ししたいのに……もう、眠く、て……」

エスポワールは彼女の背中を撫でる。すると、レーヴは寝息を立てながらすぐに眠りについた。

「私も嬉しかったですよ。おやすみなさい、レーヴ」

date de départ　―出発日―

翌日、駅には人が溢れていた。

一週間過ごした人、新しくここから次へ行く人。様々な人が入り乱れている。

エスポワールの見送りには、レーヴ家族と先生が来てくれた。

旅を始める頃は、こんなに大勢の人に見送りをされることなど思いもしなかった。素直にとても嬉しかった。

「一週間ありがとうございました」

エスポワールは深々とお辞儀をする。

「そんな、私たちの方こそ、レーヴと一緒にいてくれて。お礼を言うのはこちらです。ありがとう」

「えっちゃん、えっちゃん！　あのね、一週間ありがとう！　えっちゃんのおかげかな？ちょっと自信がついてきたの！」

ぴょんぴょんしてエスポワールの視界に必死に入ろうとする。エスポワールはすぐにレーヴに視線を合わせる。

「レーヴの自信はきっと初めからついていましたよ。むしろ私は弱くて、練習以外で力にはなれませんでした。私がもう少し強かったら良かったのですが」

「でも、あたしはそれで良かったよ。えっちゃんはきっと、あたしに自分で道を選ばせてくれたの。だからあたしここまで来られたと思うの。それにね、えっちゃんの指導はとっても分かりやすかった！　ありがとう！」

「レーヴ……」

エスポワールはここまで感謝されたのは初めてだった。知らず知らずのうちに自然と涙が出てくる。

「えっちゃんどうしたの？　泣いてるの？」

レーヴに指摘されて気がついた。急いで涙を拭う。そしてレーヴに微笑む。

「泣いていませんよ。ちょっと嬉しかったんです」

「そうなの？　どこか痛くなったんじゃないの？」

「ええ。どこも悪くありません」

なら良かった、とレーヴは一安心する。

「あ、あのね。あたし試験に合格したら、絶対にえっちゃんにお手紙出すからね。それまで待っててね。絶対に絶対に、頑張って合格するからね。応援していてね」

「いつまでも待っていますよ。頑張ってください」

「うん！」

レーヴは笑顔で応えた。エスポワールは彼女の頭を撫でる。

「エスポワール」

先生の声に、エスポワールは腰を上げる。

「一週間ありがとう。君には大分助けられた」

「いえ、そんな。たった一週間ですし。助けたことなんて」

「君には大分無礼もしたけれど、君は、大多数とは違う姿を見せてくれた。少し、モー・ガールの印象を変えてみようと思うよ」

エスポワールは話の内容がよく分かっていない。大多数の姿とは何なのだろうか。先生はモー・ガールには行ったことはないと言っていたが、やけに詳しい部分がある。

先生のモー・ガールへの印象はすごく悪かった。それは先生の話と反応を見ていれば分かった。それでも少しでも印象が変わってくれればと思っていたエスポワールは嬉しかった。

「俺も悪かった。君がこれから訪れる所にもモー・ガールのことを良く思っていない者は大勢いる。特に大人はその傾向が強い。君にはなぜかは分からないだろうが、ここにいる者はほとんどがそうなんだ」

とレーヴの父が言った。

「そうなんですか？　私はあそこから出てくるのは初めてで、外のことはよく知らないのですが」

「そうだな。あまり出身のことは言わない方が良いだろう。特にル・ミュゼに行くのであれば、あそこでは絶対に言わない方が良い」

「ご忠告ありがとうございます」

大人三人と話していると、仲間外れにされたと思ったレーヴは、無理やり話に割って入った。

「えっちゃん！　あたしとお話しして！」

見るとレーヴは、頬をパンパンに膨らませていた。

エスポワールは再び腰を下ろし、レーヴに伝えたかったことを思い出した。

「レーヴは私に、何か音楽をやっていたのかと、聞いたことがありましたよね」

「う－んとね。……うん、思い出した。えっちゃん教えるの上手だから、何かやってたのかなーって思って」

「何をやっていたのか思い出しました」

「本当!?　何やってたの!?」

レーヴの目が輝く。

エスポワールは少し宙を仰ぐ。

「私、クラシックのバイオリンをしていたんです」

「じゃあ、お母さんと同じだね。クラシック」

エスポワールは視線をレーヴへと戻した。

「そうですね。でも私は、クラシックではなくジャズのクラリネットを演奏したかったんです。……でもダメでした、お母さまが許してはくれなかった。それでも私は隠れて練習しました。それでもバレて、結局それ以来ジャズは聴かなくなってしまいました。すごく悲しくて……」

「えっちゃん？」

「私強くなかったんです。レーヴみたいに強い意志があるわけでも、押し通せる力もなかった。だから結局私の夢は一時で終わってしまったんです」

話していると自然と悲しくなる。こんな話をしたかったわけではないが、自然と紡がれる言葉。

どうしていいか分からないレーヴは、悩んだ末にエスポワールの頬を両手で挟んだ。

「えっちゃん！」

「ふぁ、ふぁい」

「そんな弱気なえっちゃん、あたし見たくない！　元気出して！　あたしもえっちゃんのことずっとずっと応援するから！　お互いに頑張ろう！　夢はきっと叶うんだから！　あたしがいつでも力を分け与えるから！」

力強い応援に、エスポワールの胸の内が熱くなる。自然と力が溢れてくるようだ。

頬に触れていたレーヴの手を、エスポワールは優しく包み込む。

「ありがとうございます。私もずっとずうーーっと、レーヴのことを応援していますからね」

短い間だったが、二人の間には確かな友情が芽生えていた。

話が一段落した時、列車がポーッという音を立てた。そろそろ出発する時間だ。

「Ｐ－１番線、ポルト行き。間もなく発車いたします。お乗りになる方はお急ぎください。……繰り返します……」

放送もかかり始めた。

エスポワールは立ち上がり、キャリーケースを手に取る。

「それでは皆さん。本当にありがとうございました」

「もう行っちゃうの？　ねえ、また会えるよね？　絶対に絶対に会えるよね」

心配そうにするレーヴの肩に、母が手をかける。

「ええ。会えるわ。レーヴがそれを望めばね。願いは叶うのよ」

レーヴは泣きそうになるのを必死で我慢する。

「レーヴ、今度手紙を出しますね。ありがとう。またね」

そう言って彼女の頭を撫でる。

そして彼女たちに背を向けて、列車に乗り込む。エスポワールは、もう後戻りができないように、すぐに列車の席へと移動する。窓からレーヴが手を一生懸命に振る様子が見える。それに答えるようにエスポワールも手を振り返す。窓は開けない。この先は宇宙《うみ》なので、開けることができないのだ。

列車は音を上げて動き出す。

エスポワールのいる車両が遠のくと、レーヴもそれを追いかける。彼女の短い足では、列車に追いつくことがだんだんと厳しくなる。

「えっちゃん！　あたしえっちゃんに会えて本当に嬉しかった！　楽しかった！　ありがとう！　ありがとう！　えっちゃん！　また絶対に会おうね！」

ぶんぶんと手を振りながら、エスポワールを追いかける。

エスポワールは、他の客もいるので声を上げることはできない。

『レーヴありがとう。またね』

だから口の形でそう伝えた。きっとレーヴには伝わっただろう。

何度でも言おう、ありがとうと。また絶対に会えるように。

ほんの一時だけだったが、エスポワールの記憶に刻み込まれるような一週間だった。

パルク・ダトラクションが遠のく。

だんだんと見えなくなっていく。

エスポワールはパルク・ダトラクションが見えなくなるまで、窓に顔を近づけて見守っていた。


遊園地の上で魚が一匹、魂の在るべき場所へと還っていった。

0-1　魂の魚の行く先

パルク・ダトラクションを出てから数時間。エスポワールはレーヴたちとの思い出を噛み締めていた。

それとは別に、考えなければいけないことが残っていた。

パルク・ダトラクションの観覧車で見た映像はきっと彼女のものなのだろう。しかし、いつどこでの記憶なのかは思い出せない。

彼女はモー・ガール出身のただの女性のはずなのに、あの映像を見てからそうではないのかと少し思うようになってしまった。

「はぁ……」

エスポワールは浅く溜息をついた。

下を見ていると、何か光るものが視界に入った。

何かと車窓の外を覗くと、煌びやかに光る魚があちこちに泳いでいた。

「ここはお魚が多いなー。なんでだろう」

と一人呟くと、

「ご説明いたしましょうか」

その声に驚いたエスポワールは肩をびくつかせた。振り向くとそこには大柄の車掌が立っていた。

「お、お願いします」

車掌は進行方向に腕を伸ばして指差した。

「この先はアクワリアムという場所で、そこは名前の通り水族館でありまして。そこの魚か水か、何かは分かってはおりませんが、魚たちを引き付ける何かがあると言われております。ですからこの辺りは魚が多く集まります」

その説明の最中、今度は別の黒い影が遠くを通り過ぎていった。

「あの、あれは何ですか?」

車掌は車窓を覗き込む。

「ああ、あの方々は死神ですね」

「あれが死神さんですか。私見るのは初めてです」

「ええ。この辺りは魚が多いですからね。それだけ死神の数も多くなります。列車の進行に支障はありませんからご心配には及びません」

一通り説明を終えた車掌は一礼をしてから去っていった。その背中にエスポワールは立ち上がり、お礼を言って再び席に着いた。

その時、二〇分前の放送が流れた。

「次はアクワリアム、アクワリアム。降りる際にはお忘れ物のなきようによろしくお願いいたします。次いでお乗りになるお客さまに関しましては、こちらの列車は一週間停車休憩をさせますので、それまではアクワリアムの観光をお楽しみくださいませ。繰り返します、次は……」

さて、次は水族館と言ってはいたが、どのような所なのだろうか。エスポワールは記憶のことは少し忘れ、次の目的地に思いを馳せるのだった。

何事もなく駅に着き列車から降りると、どこからか磯の香りが漂ってきた。

辺りは青い海のような駅構内に少し光が差し込んでいる。まるで海の中にいるようだった。

「……なんて素敵な場所」

エスポワールは、あまりの光景に感嘆の溜息を零す。

しばらく辺りの景色を見ながらゆっくり歩みを進めていると、袖を引っ張られた。

引っ張られた拍子に歩みを止め振り返ると、背後にいたのは、水兵の格好をしたエスポワールより少し背の低い女性だった。

振り返りざまの格好のまましばらく俯いた女性を見下ろしていたが、いくら経っても反応がない。試しにその場から動こうとすると、袖を引っ張られたままで離れることもできなかった。

「あのー、何かご用でしょうか？」

エスポワールがそう投げかけると、彼女は肩を震わせた。

「あ、あの……。初めての方……ですよね……？」

「ええ。そうですよ」

彼女の言葉を聞いて、エスポワールは恐らくパルク・ダトラクションの時のピエロ男と同じような案内係なのだと理解した。

「あの……ここは、アクワリアムです。水と……えっと、神秘の郷です。……あの、どうぞ、……えっと、お楽しみください……」

彼女はそう言ってエスポワールにパンフレットを押し付けた。

それを受け取ってお礼を言うと、彼女は驚いて逃げるように去っていった。

不思議そうにエスポワールは彼女の去った後を見つめていた。

駅から出るとそこは一面に広がる青。横にも上にも水槽が張り巡らされ、自分が人魚にでもなったかのようだ。

「はぁ……。綺麗……」

魚が泳ぎ回り、水には光が差し揺らめいている。

ここはアクワリアムのほんの一部。浅海のエリアだ。

2　深淵は浅瀬の思いを知らない

Premier jour　―初日―

中心で美しく光るライトの下には、砂浜と水辺が深い水槽に入っている。

中にはオコゼやカサゴ、ウメボシイソギンチャク、岩にはカメノテがくっ付いている。

壁際には小さなイソスジエビなどのエビの仲間や、イワガニなどカニの仲間などが入っている小さな水槽が埋め込まれている。

他にも大型の水槽が並べられ、水深二〇〇メートル以下の海の生き物が暮らしている。ほとんどの海洋生物・淡水生物・海辺の生き物が揃っているここは、パルク・ダトラクション同様に、一週間で回ることができるか分からないほどの広さを有している。

水族館を出て、早く宿を見つけたいがどうしても足が止まる。ただ人が多く、前に出ることはできない。

水槽の方を見ながら歩いていると、人とぶつかった。

「あ、……ご、ごめんなさい」

「こちらこそすみません。不注意でぶつかってしまいました」

「いえ。それではこれで」

深い青色の髪を靡かせ、女性は去っていった。

しばらく歩いていると、出口の明かりが見えた。

キイッと大扉を開ける。外には、イルカショーをするためのプールや、アシカやシャチなどの大型の哺乳類のコーナーや、ペンギンやカモノハシなど小型の水と生きる生き物が備え付けの水槽にいたり、放し飼いのように闊歩していたりしている。

「ペンギンから見ようかな。イルカショーは……あと二時間後か……。シャチはその一時間後……うん。やっぱりペンギンから見ましょう」

とエスポワールは独り言を言った。

ここのペンギンは外に出ている個体もいる。そのペンギンたちは自由に触って良いことになっているので、エスポワールは全身を撫でて膝にのせて、餌をあげて一人でペンギンに話しかけて、その辺りにいた子供たちに笑われた。恥ずかしながらも、可愛い生き物にはなぜか話したくなってしまうのだから仕様がない。

三〇分ほどペンギンを堪能した。

離れていく時に、疲れ果てて逃げるように水槽へと向かっていく姿に、少し胸を痛めた。

「ごめんね……」

ペンギンに謝ってから、次にカモノハシのエリアへと足を向ける。先ほどよりは行動を抑え、優しく扱い、短時間で愛でるのをやめた。カモノハシの嘴の、体毛とは違うつるつるした感触を感じながら楽しんだ。

はてさて、イルカショーまでにはまだ時間がある。宿探しは一旦やめて、もう少しこの辺りを見て回ろうと決めた。

踵を返して再び水族館の魚類のいる室内へと向かう。

扉に手をかけた時、頭に強い衝撃を受けた。視界が揺らぎ、エスポワールの意識が途切れた。

Jour deux　—二日目—

何か時計や心音図などの無機質な音が聞こえる。背中には硬いものが当たっている。目を開けると白い天井が目に入った。横を見ると同じく白いカーテンが見える。ゆっくりと起き上がると頭に痛みが走った。苦痛に顔を歪める。

起き上がって痛みに俯いていると、カーテンががらっと開いた。カーテンを開けた人物はアクワリアムに来た時に初めに出会った、水兵の格好をした案内係の女性だった。

「あ、お客さま。目が覚めましたか？」

「……あなた確か、案内の……」

「そうです。どこか具合の悪いところはございませんか？」

「頭が少し痛いくらいで、それ以外は特には……」

そう告げると案内の女性は踵を返した。

「では、お医者さまを呼んできますね。もう少しゆっくりしていてください」

「………はい」

部屋を出ていく彼女を、よく分からないまま見送った。

数分後医者が来て、頭に強い衝撃を与えられた痕があると言われた。

エスポワールはよく覚えていないが、確かなことは、気を失う前に頭に強い痛みが走ったことだった。

どうやら建物に飾り付けてあったものが運悪く、エスポワールの頭に直撃したらしい。

ただ大事には至っておらず、明日には退院できるそうだ。

医者が病室を後にしてから、エスポワールはどのくらい眠っていたのか案内係に聞いた。

「一日ですかね。今はお昼くらいです。お腹が空いているのでしたら、何か買ってきましょうか？」

「いえ、大丈夫です。あの、あなたはどうしてそんなに良くしてくれるのですか？」

彼女はただの案内係。エスポワールの身の回りの世話をする理由はない。

女性は真っすぐに見つめていた視線を逸らし、窓の外に視線を移す。

「……頼まれましたから」

「誰にですか？」

彼女は再びエスポワールに視線を移す。

「ここの海洋研究の第一人者である、アビメスさまでです。彼女は、『私のせいであなたを傷つけてしまったことをお詫びします。私に会うとまた不幸が起きるので、代わりにお詫びとして、案内係に水族館の解説案内をお願いしました。心からお詫びします。申し訳ございませんでした』と、仰っておりました」。

エスポワールは傷つけられた覚えはない。それにアビメスという女性は知らない。アクワリアムに知り合いは一人もいない。

「私はその方を知らないのですが、どのような方なのでしょうか？」

女性は一拍おいて、アビメスの素性を明かした。

「彼女は海洋研究の第一人者。水の全てを知る者。……そして、……触れた者全てを不幸にする女」

Jour trois　—三日目—

翌日の朝には退院することができた。もう少し休んだ方が良いんじゃないかと案内係に言われたが、エスポワールはそれより、水族館の方へ向かいたかった。

宿はアビメスが、良い所を取ってくれていたようで初めにそちらに寄った。中は一人には少し広いように感じられた。

大きな荷物を置いて、さっそく案内係と水族館の方へ向かう。

浅海のエリアは昨日軽くは見たので、次のエリアである深海のエリアへと向かう。

ここでは水深二〇〇メートル以上の場所で暮らしている生き物たちが展示されている。進むにつれ深くなる仕様になっている。そのためか、ここは深海への散歩道と呼ばれているという。

エリアは進むにつれて暗くなる。

半分ほど来た辺りで魚たちの解説放送が入った。

スピーカーから優しく少し低い、落ち着いた声が流れ、辺りを包み込む。

「今はちょうど解説の時間ですね」

案内係につられて、エスポワールも振り向く。そこにはここに初めて来た時に、ぶつかってしまった女性がマイクに向かって話している姿があった。

「あの方は？」

「あの方がアビメスさまです。このエリアの解説を任されているんです」

今はイトヒキイワシの解説をしている。

イトヒキイワシは水深一〇〇〇メートル前後に生息している。長い腹鰭《びれ》と尾鰭で三脚のように立って生活している生き物だ。体長は一五センチほどである。

生態から特徴までの説明が五分ほど続き、アビメスは終わると同時に頭を深く下げ、その場から去っていった。

解説が終わった後すぐに、川のエリアへと明るい所に移動してきた。

「お客さまは何かお好きな魚がいますか？」

「そうですね。……川魚ならアカヒレタビラですかね。背鰭の辺りの青っぽい色合いが好きです」

「ならこちらです。ついて来てください」

川の風景に見立てた水槽は透き通っており、見る者は心を洗われるだろう。もしくは見透かされているのかもしれない。

「綺麗ですね。岩に生えている苔なんかも、すごくマッチしていて芸術作品のようです」

「ここの水槽や、植物の配置は全てアビメスさまの指示によるものになります。本人に伝えてくださるならば、きっとお喜びになると思います」

「アビメスさんは、経営者なのですか？」

「いいえ。彼女はただの研究者です。水辺の生き物が好きで、それだけが彼女の活力なんです。それに配置については彼女の仕事ですから」

そこにいる生き物だけでなく、本物の石や植物、作り物も遜色なく、全てが馴染んでいる。全てが完成されている空間だった。

そろそろお昼だと、案内係は館内にある食堂へと案内してくれた。

エスポワールは竜田揚げと鯛の粗汁を頼んだ。竜田揚げに使われているのはマグロ肉、揚げ時間が絶妙で衣とマグロの相性がとても良い。粗汁は鯛ととろろ昆布、人参に大根と玉葱が入っている。優しい口どけに鯛の風味が広がる。温かい粗汁が体に染み渡る。

エスポワールは満足して昼食を終えた。

食堂の次はどこへ行こうかと案内係と話していると、視界の先にアビメスがいるのが見えた。

エスポワールは先ほどの水槽の美しさの感想を述べようと、彼女の元へ向かう。

「こんにちは」

ゆっくりと顔を上げた彼女は、瞼を見開いてありえないものでも見るようにエスポワールを見る。

「……こんにちは」

「相席よろしいでしょうか?」

「……どうぞ」

アビメスはなぜエスポワールを近づけたのかと案内係に視線を向ける。すると案内係は怯えたように一歩引いた。

黙々と食べ続けるアビメスが食べ終わるのを待っていると、彼女の方から話しかけてきた。

「私に何かご用でしょうか?」

「あ、その、私今、浅海のエリアと深海のエリア、川のエリアを見てきたのですが、どこのエリアも統一感があって、一つの芸術作品を見ているようで感動したんです。だからその思いを伝えたくて……」

「ありがとうございます。あなたはそのエリアの全てを見ましたか」

「いえ。時間がないので一部分だけです」

「そうですか……」

アビメスは再び食べ始める。

ルルルル……と案内係の通信機が鳴った。

「すみません、ちょっと失礼します」

席を立った案内係は、電話の相手と一言二言言葉を交わして、席に戻ってきた。

「すみません、上の者に呼ばれたのでそろそろ失礼します」

「そうですか。半日ありがとうございました。お仕事頑張ってください」

彼女は笑みを浮かべて一礼した。

「あ、そうです。アビメスさま、午後からはあなたがこの方を案内してください」

アビメスは手を止めた。

「あなた、私がどのような体質かは知っていますよね」

「知っていますし、エスポワールさまには伝えました。しかし悪いと思っているのなら、これはあなたがやらなければならないことです。そろそろ私に頼るのはやめてください」

それだけ言って案内係は食堂を後にした。

アビメスは心配そうな視線を案内係に向けていた。

「あの。私なら一人でも大丈夫ですので、あまり気にしないでください」

アビメスは残りを食べ終え、すっくと立ち上がった。

「これからあなたを私の最高傑作へ連れていきます。ついて来てください」

すたすたと歩く彼女を、エスポワールは急いで追いかける。

暗い深海のエリアへと連れてこられた。足元の淡い光が照らす中、一つの小さな水槽の前に来た。

光に浮かぶネームプレートにはシキシマハナダイと書かれていた。

水槽の中は暗く、なかなか中の様子が見えない。

「中にはどのような魚がいるのですか？」

エスポワールの問いから少し間を空けて、アビメスは愛しいものを愛でるように甘い声で答えた。

「群れを作って岩礁付近や海底を泳ぐ、体長二〇センチほどの大きさの魚です。体色は背鰭・腹鰭・尾鰭はオレンジがかっていて、腹はオレンジ色に近い黄色、頭から背にかけては赤色になっています。捕食対象は甲殻類。オスは繁殖期になると胸鰭を白くします。この子は白身でかなり美味しいですよ。一度食べてみてください」

「そうなんですか……」

美味しいと言われて、どう返していいのか分からなくなった。目の前に本人、もとい本魚がいるので、ぜひとも、とは罪悪感で言えなかった。

アビメスは最高傑作だと言っていたが、暗すぎて中に何が入っているのかが分からない状態では、傑作かどうかは判断ができない。

「あの、この中にいるのはこの子だけなんですか？」

「そうです。この中はこの子のいた海と同じ環境が揃っているんです。でも一番人気がない。皆さん見えないからと苦情ばかり。私はこの子の本当の姿を見てほしいだけなのに。軽く日は差しているけれど、それでも深海魚。できる限り状況を同じにしたい。けれど皆反対する。この子は押し切った唯一の子なんです。私の夢の詰まった、本来の姿で見てほしい、私の最高傑作なんです」

アビメスなりの信念があるのだろう、自然と拳に力が入る。

彼女の言うことも分かるが、客として来たエスポワールはやはり、しっかりとした魚の姿を見たいと思ってしまう。それは客としては当然の思い。水族館に関わる人も生き物の姿を見てもらって、関心を持ってもらいたいと思うだろう。

アビメスの言うことは、水族館の関係者の言い分としては身勝手だ。個人で飼う分には良いが、大勢の関わっている展示ですることではない。

「アビメスさんはなぜこの子を見せようとしないのですか」

「……見せようとはしています。でも言うなら、深海にいても本来の姿を見てもらいたいじゃないですか。暗くても誰かに見つけてもらいたい。暗がりでは何も見ようとしない人間にこそ、見てもらいたい。………本来の姿を……」

エスポワールは消え入る声の彼女の手を無意識に取っていた。

「あなた、また危ない目に遭いたいんですか？　案内係に聞いたんですよね。私に触れると不幸になると」

「ご、ごめんなさい。アビメスさんが消えてしまいそうだったので、つい」

それを聞いてアビメスは、深い溜息をついた。強い力でエスポワールの手を振り払う。

「それでは私は仕事がありますので、これで。このたびは私のせいでおケガをさせてしまったこと、謝辞が遅くなり申し訳ありませんでした」

「私の方こそ案内をありがとうございました。楽しかったです。お仕事頑張ってください」

エスポワールが微笑むと、アビメスはつられたのかクスッと笑った。

「あなたは変わった方ですね。それでは、残りの時間もお楽しみください」

アビメスはエスポワールの脇を通り過ぎていった。エスポワールは彼女の背中に一礼をした。

水族館内を回っているといつの間にか夕方になっていた。外に出るとオレンジ色の空が見えた。

どこか適当な所で夕食にしようと路地に入ると、背後から肩を掴まれた。

力強く掴まれて振りほどけない。絶対に逃がさないという意志を感じる。エスポワールは恐怖に身をこわばらせる。変な汗が出る。一刻も早くこの場から去りたいが、足が動かない。

「お前……」

低い男の声だった。エスポワールは恐怖にぎゅっと目を瞑る。

「ついて来い」

そう言って腕を引っ張られる。

「えっ……。あ、あのっ……！」

強い握力に、男の手から逃げ出すことはできなかった。

抵抗ができずに連れてこられたのは、賑わうファストフード店だった。

エスポワールは、そのファストフード店の一角の椅子に座っている。なぜ自分がここにいるのか未だに分からない。あの男はなぜエスポワールをここに連れてきたのか。

エスカウンターに行っていて近くに男がいない今、逃げ出すチャンスかもしれないが、エスポワールは怖くてそれすらもできなかった。

それに気になっていることが一つあった。男の様子は、怒りや誘拐などをするものではなく、どこか焦っているように感じたことだ。

男が持ってきたのは、それなりの大きさのあるサメバーガーだった。それをエスポワールの目の前に置き、食べるように促す。

エスポワールはわけも分からずバーガーを口へと運ぶ。温かい美味しさが口の中に広がる。

「これ、美味しいですね！」

一口食べて分かる美味しさに、恐怖を忘れて素直な感想が飛び出す。

エスポワールの声には反応しない。男はずっと横を向いて虚空を眺めている。

黙々と食べ進めて一息つく。男の方をちらりと見るが、一向に話を切り出すそぶりを見せない。

エスポワールは怖さに負けじと、勇気を振り絞って男に話しかける。

「私に何かご用があるのではないですか？　話は聞きますので話してください」

少し強く出すぎたのか、男に睨まれる。エスポワールは少し怯む。

男はエスポワールから視線を外した。

「お前、あいつと何を話していたんだ？」

「あいつとは誰のことでしょうか？」

今度は顔を向けて睨まれた。鋭い眼光にまたしても怯む。

「一人しかいないだろう、アビメスだ。お前はあいつと何を話していたんだ？」

話していたわけではない。ただ案内をしてもらって、彼女の最高傑作を解説してもらっていただけだ。

「特にお話はしていませんが」

「嘘をつけ。あいつが他人と話すのも珍しいのに、俺にも滅多に見せない笑顔を見せたんだ。きっとあいつの喜ぶ話をしたに違いない。さあ言え！　あいつとどんな話をしたんだ！」

肩をガッと強く掴まれ、エスポワールは苦痛に顔を歪ませる。

「いっ……！　本当にこれといった話はしていません。だから離してください」

男の大声と異様な二人のやり取りを見ていた周りの客からざわめきが起きる。騒々しく楽しい雰囲気はなくなり、騒然とし始めた。

一体どうしたのかと、周りの視線が二人に集まる。分が悪いと感じたのか、男はエスポワールから手を離した。

男は何やらメモ帳を取り出し、殴り書きを残して店から立ち去っていった。

エスポワールは男の去る姿を見守ることしかできなかった。

一体何だったのかと気にしつつも、客と店内は再び楽しい雰囲気に戻っていった。

Jour quatre ―四日目―

『明日　午前　一〇時ちょうど　海の喫茶店にて待つ
From　オフォン』

その殴り書き通りにエスポワールは、クラゲの看板が目印の海の喫茶店『Café Medusa』へと赴いた。

ファストフード店のことがあったので無視をしても良かったのだが、それはそれで後が怖かった。ここにはあと四日はいるのだ、どこで会うかも分からない。後々に恐怖を引きずるよりはいいだろう。

扉を開けると、カランカランと小気味良い鈴の音が鳴った。

「いらっしゃいませ。お一人さまでございましょうか？」

少し白髪の入った店員がすぐにエスポワールの対応にあたった。

「いえ、待ち合わせなのですが……」

きょろきょろと辺りを見渡す。

「こっちだ」

店の窓に面した角のテーブルに、昨日の男が手を上げてエスポワールを呼んだ。

店員に断りを入れてから、男の待つ席へと赴く。

「お待たせしました」

男は何も言わずにエスポワールが席に着くのを待っている。

席に着くと男は何も言わずに名刺を取り出して、エスポワールに手渡した。

「オフォンさん。……水兵さんですか」

しばしの沈黙が訪れる。

「……昨夜は……」

先に口を開いたのはオフォンだった。

「昨夜は失礼なことをした。言い訳になるが、俺は焦っていたんだ。アビメスが見知らぬ女性と話していて、あんな笑顔を見せていたから。俺にはあまり見せたことない笑顔を……。だからお前があいつとどんな話をしていたのかが気になったんだ。あいつを笑顔にできる話があるなら教えてほしかっただけなんだ」

「……そう、なんですか。失礼ですが、あなたはアビメスさんとはどのような関係で？」

「恋人………の、はず」

歯切れが悪い。恋人と言ってから視線を下げた。

「……はず？　……もしかして妄想恋愛……」

「違う！　それは違う。確かに俺はあいつに告白をした。それで、良いと言ってもらえた。デートだって数は少ないがした。したはいいが」

再び歯切れが悪くなった。違うと言い切った時は、エスポワールの瞳を真っすぐに見つめたが、言い淀んで視線を外した。

「とりあえず、オフォンさんが聞きたいことは、私がアビメスさんとどのような話をしていたのか、どうして笑ったのか、ということでいいですか？」

「ああ。そうだ」

エスポワールは昨日のことを思い出す。彼女と会ったのは水族館の食堂。そこで水槽の展示が素晴らしいと感想を伝えた。そして食後に連れられていった彼女の最高傑作の話を聞いた。これ以外に何か彼女と言葉を交わした覚えはない。アビメスがなぜ水槽の中を見せようとしないかの話はしたが、特に面白い話ではなかったはずだ。

「彼女が笑ったのは、恐らく私が笑われただけだと思います。面白い人、と言われたので」

「へ？　……それだけ？」

彼は素っ頓狂な声を上げた。

「ええ。恐らくですが」

オフォンは完全に体の力が抜け、椅子の背凭れに軽く体重をかけた。

「なんだ。そうか、それだけか……。すまなかった！」

彼は机にぶつける勢いで頭を下げた。

いきなりのことで慌てふためくエスポワール。

「焦って周りのことが見えなくなっていたとはいえ、君の話を碌に聞かないで暴力を振るってしまった。本当にすまない！」

「あの、あの、大丈夫ですから。もう終わったことですし、顔を上げてください」

周りに人はあまりいないが、それでもここにいる数人の視線がエスポワールとオフォンを捉える。

場を仕切り直そうと、オフォンが咳払いをする。

「あんたこの辺りじゃあ見ない顔だが、どこから来たんだ？」

「……パルク・ダトラクションです」

　モー・ガールの名前を出そうとしたがやめた。あまり言わない方が良いと言われたから、とりあえずこの名前を出す。パルク・ダトラクションから来たことは本当なので、問題はないだろう。

「そうかあの遊園地から。俺たちも一度行ったよ。あそこはすごいな、全部が輝いているんだから。羨ましい」

　今のエスポワールなら分かる。あそこは表面上は輝かしいが、裏へ回れば暗く冷たい所だということが。レーヴはとても温かく迎え入れてくれたが、人情などなく冷たい場所だった。

「あの、こういうことを聞くのは失礼だとは思うのですが、オフォンさんはアビメスさんとは何かあったのですか？」

　オフォンは瞼を見開き驚いた。

「君は心を見透かすことができるのかな」

「いえ、そんなことは」

「だとしたら相当な観察眼だな」

「先ほど悲しいお顔をされていましたので。もしかしたらそうなのかと。すみませんお節介ですよね、会ったばかりなのに」

「いやいいんだ。こちらも大分無礼を働いたからね。俺はかなり分かりやすいと言われたが、会ったばかりの人でも分かるものだったとは」

オフォンが話を続ける前に飲み物を頼んでくれた。

エスポワールにはカフェオレを、オフォンはブラックコーヒーを頼んだ。

何やら聞いてほしいお願いがあるそうだ。

「こんなこと、関係のない君に頼むことではないのは分かってはいるが、あいつを笑顔にできたあんたにしか頼めないんだ。頼む。この通りだ」

そう言って机に頭をつけるようにして頼み込んだ。

「……内容にもよりますが」

「いいのか!?」

オフォンはガバッと嬉しそうに顔を上げた。

「しかし、彼女をどうにかしたいのなら、恋人であるあなたから直接言った方が良いのではないですか？　なぜ私に？」

彼はエスポワールの目を見据える。

「その話をするにはまず、この服の下の話をしなくてはならない」

そう言って自分の袖を掴む。

「あまりいい話ではないが、それでもいいか」

どのような話なのかは分からない。しかし、この話を聞かない限りは願いを受けることも断ることもできない。

「……分かりました。お話を聞かせてください」

彼はエスポワールから視線を外し、着ている上着を脱ぐ。服の下から出てきたのは、無数の傷と黒い痣。そして包帯。見ていて気持ちの良いものではなかった。

「何があったんですか？　こんなに……」

エスポワールはあ然とする。腕だけとはいえ、ここまでの傷を見たことがなかった。

「すごいだろう。これが全身にあるんだ。これは全部アビメスと過ごすようになってからの傷だ」

「でも、どうして……？　これは、アビメスさんが……」

「それは違う。あんた聞かなかったか、あいつが人を不幸にする体質だって」

エスポワールはハッとした。確かに聞いた。案内係から『触れた者全てを不幸にする女』と。それがどのように現れる現象なのか、それを知ることはなかったがここで彼の腕を見ただけで分かった。アビメスは『触れた者全てを壊す』存在だったのだ。

ただ少しぶつかっただけでしかないエスポワールですらも、頭に衝撃を受け倒れたのだ。これはきっとアビメス自身ではどうにもできない、自然と起きてしまう現象なのだ。

「俺はあいつの体質を知っていた。それでも彼女と恋人になりたかった。初めは断られたけどな。俺がどうしてもと押していったら良いと言ってくれたんだ」

オフォンは懐かしむようにやわらかい笑顔になる。

「初めは、あいつは怖がってか俺と一緒にいようとはしなかったが、俺が手を引けばついて来てくれた。その時は一緒にいるだけで楽しかった。だからあいつの研究室にも入り浸ったし、アクワリアムから出て色んな所にも行った。少し遠出しすぎて、あいつの研究チームに怒られたこともあったな。それでも楽しかったと言ってもらえて嬉しかった」

一息ついた頃にカフェオレとブラックコーヒーが運ばれてきた。

一週間ほどは一緒にいても何も問題はなかったという。その現象が出てきたのは、付き合い始めて二週間と三日が過ぎた頃からだった。

オフォンは今までケガというケガをしたことがなかったが、その頃から指を切ったり階段から落ちたりと不注意のケガが多く続いた。

初めは風邪でも引いて注意力散漫になったかと思ったが、熱はないし医者にかかっても特に異常はないと言われた。

初めて入院をすることになった出来事が起きたのは、付き合い始めて二か月経った頃だった。

それまで掠り傷ばかりだったのが、初めて足を骨折した。

オフォンと医者は大丈夫だと言うが、その頃からアビメスがオフォンを避けるようになった。そのことに気がついたオフォンは、なぜ避けるのかと理由を聞いた。するとアビメスは『私があなたに危害を加えているから』と言った。

オフォンはそんなことはないと強く言ったが、彼女が考えを改めることはなかった。骨折をしてから一か月が過ぎ、骨折も無事完治して再びアビメスとデートの約束を取り付けた。アビメスはあまり乗り気ではなかったが、オフォンが押して成立した。

オフォンも一か月半の休みを貰うことができた。

二人が初めに向かったのはパルク・ダトラクション。

オフォンは、アビメスにケガのことは忘れて楽しもうと言った。だから彼女もそうしようと思った。

一日目は楽しく過ごせた。このまま何事もないと思っていた。問題が起こったのは二日目、フリーフォールに乗った時だった。一気に落ちるというところでオフォンの安全バーが外れた。彼は椅子から浮かび上がり、真っ逆さまに落ちていった。

それがアビメスとの初めての旅行での出来事だった。

腕の骨は折れたが、幸い命に別状はなかった。

病院の先生には入院をすすめられたが、いつ取れるかも分からない長期休みだからと、ギプスだけしてもらって次の目的地へと向かった。アビメスももう帰ろうと何度も言ったが、オフォンはそれでも引かなかった。これはただの事故で、決してアビメスの体質のせいではないと証明したかった。

「でも駄目だった。骨折の後この列車の線よりさらに遠くの場所に行ったんだ。そしたら、腹痛、吐き気、頭痛がするし、何回転んだかも分からない。なぜか刃物で刺されて穴に落ちて、腕も足も肋骨すらも折っていた。帰ってきてから医者には、もうこれ以上は君の体がもたないと言われた。アビメスのせいではないと証明をしたかったのに、むしろ彼女を追いこんでしまっていた。それからあいつは俺を見るたびにすぐに逃げるようになった。それがすごく悲しかった。俺はただ一緒にいたいだけなのに。一緒にいて結婚して子供をもうけて、幸せに暮らしたいだけなのに。……体質だけが俺たちを切り裂こうとする」

ドラマでも見ないような彼の体験は、苦痛以外の何物でもなかった。体に走る痛み。アビメスに背負わせた悲しみと、自分の体の傷を見るたびに湧く後悔と申し訳なさ。

オフォンは今までのことを思い出して、悲しくなったのか俯いて黙ってしまった。

エスポワールは、数分前に運ばれてきたカフェオレを口へと運ぶ。

「私は一体、何を手伝えばいいのでしょうか」

徐々に上げる顔は、憂いに沈んでいた。

オフォンもコーヒーを飲んで心持ちを変える。

「あんたにお願いしたいことは簡単だ。俺とアビメスが話す機会を作ってくれ。俺が一人であいつに会ってくれと言っても応えないだろう。だからあんたに頼みたいんだ。タイミングはそっちで決めてくれて構わない。できたらあいつの心情を聞き出しても欲しいが。そこまではさせられない。できる限りでいいから、協力してほしい。頼む」

そう言って頭を下げる。

「分かりました。そこまで聞いては断るわけにもいきませんから。できる限り協力します」

オフォンはお礼を言って、エスポワールにケーキセットをご馳走してくれた。

Jour cinquieme　―五日目―

翌日のお昼は、アビメスに初めて会った食堂に案内係とアビメス、エスポワールが一緒にいた。

案内係からアビメスは昼には必ずここの食堂にいると、話を聞いたので今回も相席を申し込んだ。

黙々と昼食を食べるアビメスに、エスポワールはずっと笑顔を向けている。

「……あの、私に何か用ですか？」

「アビメスさんにお願い事がありまして」

「なんでしょうか？」

「これから時間があれば、私にまた生き物たちのことを教えてもらえないでしょうか」

アビメスの手が止まった。

「あなたまた危ない目に遭いたいのですか」

「一昨日は何もありませんでした。初日のはただ運が悪かっただけかと思うのですが」

困った顔をするアビメスは、視線を案内係に移す。

「お客さまの要望を無下にはしないでくださいね。これもあなたの仕事ですので。それでは私は仕事に戻ります」

エスポワールは去っていく案内係にお礼を言って、アビメスと水族館の観覧に出かけた。

今回の話を案内係にすると、彼女も協力してくれると言ってくれた。彼女はアビメスの従妹だそうだ。案内係もアビメスとオフォンのことはずっと気にかけていて、今回エスポワールが二人をどうにかしてくれるなら、彼女も協力すると言った。

食堂を後にして二人が訪れたのは川のエリアと海獣のエリア。川のエリアは、三日目にも見たのでほどほどにして、ラッコやアシカなどの、海にすむ哺乳類たちが展示されている海獣のエリアへと赴く。

「私、海獣はカワウソが好きなんです」

エスポワールがカワウソの水槽の目の前で、指をクルクル動かしながら言う。

エスポワールの指の動きに合わせて、カワウソもクルクル回る。

「この子は頭がいいんですかね？」

「カワウソは元から頭は良いですよ。それに器用で、石で貝を割ったりするんです。単独で生きていくものや集団で生きていくもの、様々です」

「哺乳類も詳しいんですね」

アビメスはエスポワールの一歩後ろで、困った笑顔を見せた。

「そんなことありません。私、海獣には触れられませんから」

「どういうことですか？」

「……移動しましょうか」

アビメスに連れてこられたのは『Café Medusa』。ここが一番静かで、落ち着いて話ができるらしい。

オフォンと待ち合わせた時と同じ席に座る。

エスポワールはサンドウィッチセット。アビメスはオレンジジュースを頼んだ。

「私がこんな体質なのは、ここの人ならば誰もが知っているんです。それは人も物も動物ですらそうなってしまう。私にはどうにもできない、だからどうしようもないんです」

「海獣に触れないというのは」

「魚は大丈夫なんです。甲殻類なども大丈夫なんです。でも哺乳類はだめなんです。どうしてもダメだった。イルカやシャチすらも私が触れるとどこかに傷を作ってしまう。もしかしたら人間と同じ哺乳類だからかもしれません」

「どうしてお魚は大丈夫なんでしょうか」

エスポワールが疑問を投げかけた時、サンドウィッチセットとオレンジジュースが運ばれてきた。

「ここの魚は神聖なものに護られていると言われています。だからなのかもしれませんし、小さい頃から触れ合ってきたからなのかもしれません」

理由はどの病院の先生に聞いても分からない。呪術などにも詳しい人にも聞いたが、原因は分からなかった。

「手袋をはめているのは、傷つけないようにですか？」

「そう。人とは関わり合いにならなくても、物とは絶対に触れ合ってしまうから壊さないようにしているんです」

彼女の手には真っ白な手袋がはめられている。いつも、眠る時でさえも欠かさずにはめて、予備も持ち歩いているくらいに、彼女にとって手袋は大切なものだった。

「もう、誰も壊したくないから」

消え入る声は、サンドウィッチを食べるエスポワールには聞こえなかった。

「アビメスさんはここの席がお好きなのですか？」

ふとした疑問を投げかける。

「なぜ？」

「この席は入り口から遠いですし、もっと席が空いているのに一直線にこの席を選んだので、何か特別な理由があるのかと思いまして」

アビメスはエスポワールの言葉にドキッとした。言われて初めて気がついたのだ。

無意識にこの席へと向かっていた。

「特別な席なんです。彼と来ると必ずこの席に座って。誰にも邪魔されずに、聞こえないように秘密のお話をして、楽しかった」

「恋人がいるのですか?」

　エスポワールはオフォンだと知っていて聞く。ここは聞いておかないと不自然だろう。

「恋人……なんでしょうか。分かりません。もう何か月も会っていませんから」

「それはどうしてですか?」

「彼は私のせいで死の目前までいってしまったんです。これでは私が彼を魂の魚にしてしまう、それだけは嫌なんです」

「アビメスさんは、その彼氏さんのことが大好きなんですね」

　一瞬の間をおいてアビメスは言葉を紡ぐ。

「好き。好きです。だって私にも分け隔てなく接してくれて。こんな体でもそれでも好きだと言ってくれて、私にとって彼は希望だったんです。でも、このままだとその希望も壊してしまいそうで、……怖いんです。私、もう誰も傷つけたくないのに」

「彼には言ったんですか、そのこと」

「言いました。でも、それでも彼が近づこうとするから私から離れました。それ以来彼とは会っていません」

「寂しくはないですか?」

「寂しいですよ。寂しいし、悲しくて……会いたいとは何度も思いました。でも、もう……」

　そこで今日の話は終わってしまった。アビメスは悲しみに暮れて、もう話せそうになかった。

明るい夕日がエスポワールの目に染みる。そろそろ夜が近い。

エスポワールは帰りにお土産店に寄って、便箋と貝殻のネックレスを買って帰った。

宿に着くとエスポワール宛に手紙が一通届いていた。

『to　エスポワール

俺は明日、船着き場にいる。用があればそちらに来てくれ

from　オフォン』

部屋に戻ってすぐに船着き場の場所を調べる。水族館からは少々遠い。カフェよりさらに奥にある。

エスポワールは明々後日にはアクワリアムを離れてしまう。あと二日でどうにかして二人を会わせなければいけない。そう思うと緊張して心臓が張り裂けそうになる。二人の運命を背負っているのかと思うと、怖くなってくる。それでも請け負ったからには最後まで成し遂げなければならない。

今日はレーヴ宛の手紙を書いて眠りについた。

Jour six　―六日目―

翌日、エスポワールはレーヴ宛の手紙と貝殻のネックレスを送って、水族館へと急ぐ。急いで水族館に到着して気がついた、エスポワールはアビメスが普段どこにいるかを知らない。案内係を探そうにもさすがに二日連続で彼女を拘束してしまうのは申し訳ない。協力してくれるといっても、彼女にも仕事があるのだから。

アビメスを探しながら水族館を観覧して回っていたが、結局昼時まで見つけることができずに、いつもの食堂で彼女を発見した。

「こんにちは」

「今日もですか」

「やはりだめでしょうか」

「いいですよ。明日からは私は忙しいので」

エスポワールは、座席に腰かけながら目を丸くした。明日忙しいというならば、明日からはなかなか会えなくなるということ。ならば今日中に二人を会わせなければならない。

アビメスに気づかれずにオフォンのいる船着き場へ誘導するにはどうすればいいのか。エスポワールの中で作戦が駆け巡る。

「明日は忙しいのですか？」

「昨夜教授に研究メンバーに入ってくれと頼まれたんです。今までは一人で自由にやってきましたが、メンバーに入るとなると今よりもさらに忙しくなるでしょう」

「そうなんですか……」

見るからに落ち込むエスポワールに、アビメスは何かあるのかと問いかける。

「楽しかったので少し寂しいなと思ってしまって」

「私も楽しかったです。どうしてでしょうか、あなたとはとても話しやすいんです。なぜか私の体質もあまり影響していないようで。……不思議ですね」

アビメスは水を飲み干して、お盆を食堂へ返しに行った。

食堂を出て今日はどこを案内してほしいかと、アビメスが問うと、エスポワールは『船着き場』と提案した。

「どうしてそんな所に……。あの辺りは特に何もありませんが」

アビメスの顔つきが明らかに変わった。不安そうに眉尻を下げる。

「カフェの中に格好いい船の写真があったので、一度本物を見ておきたいと思っていたんです。駄目でしょうか」

アビメスは悩んで悩んで、仕事中の今なら水兵のオフォンとも会うこともないだろうと、エスポワールと二人で船着き場へと向かう。

透き通った青い海は、宇宙《うみ》の色と星の光を反射してキラキラと輝いている。

広大な海には船が何十隻も航海している。漁をする船と客船としての船、そして個人用の船と様々ある。エスポワールの見たがっていた船は、四百年の間何度も引退と現役を繰り返してきた豪華客船。少しずつ姿を変えて頑張って客を運んでいる。白を基調とした船は青い海に映える。

「大きいですね。これに何百人と乗るんですよね。いいですね、私も一度でいいので船旅をしてみたいです」

「この船は三年先まで予約で埋まっていますよ」

もう当分乗れないことにエスポワールは、肩をがっくりと落とした。

「今は休みの時期なので中を自由に見学できますよ。案内しましょうか」

「お願いします！」

大きな豪華客船の中でならこの広大な船着き場も見渡せるだろう。甲板から探せばオフォンを見つけることができるかもしれない。

船の中は煌びやかで、初めにレッドカーペットが客を迎え入れ、大きなシャンデリアがぶら下がり、その下にはグランドピアノが鎮座している。左右に二階へとつながる階段が伸び、奥へ行くとバーが設置されている。船の窓側に客室が備え付けられているが今は入ることはできない。三階には食堂。四階は全て客室。五階にはショップ。六、七、八階は客室。甲板にはプールとバーが備え付けられている。地下には運動場もある。

中を一周してきたエスポワールたちは、プールのある船尾の方の甲板に来ている。

潮の混ざった優しい風が頬を撫でる。少し寒い。

目の前の大きな倉庫では、水兵や漁師が忙しなく行き来している。

地上を見ながらオフォンを探すが、遠すぎて誰が誰だか分からない。

「アビメスさん。望遠鏡などは借りることはできないでしょうか？」

「それなら、お金はかかりますが、すぐそこで販売していますよ」

「ちょっと買ってきます」

駆け足で売店まで行き、再び戻ってきた。

そこには先ほどまではいなかった、背の高い年老いた男性がアビメスと一定の距離を置いて話し込んでいた。

「あ、エスポワールさん」

アビメスがエスポワールに気がつき、先に声をかけた。

エスポワールはアビメスの横まで行く。

「教授、こちらエスポワールさん。エスポワールさん、こちら今回研究に誘ってくださった教授です」

紹介された両者はお互いに挨拶を済ませる。

「お嬢さん、アビメスを少しお借りしてもよろしいかな。少し大事な用件があってね。すぐに終わりますから」

「ええ、構いません」

そうして二人は甲板の人の少ない所まで移動していった。

エスポワールは二人を見届けた後、すぐに先ほど買った望遠鏡で港を隅々まで見渡す。建物の中に入っていないことを願うしかない。

そんな願いをせずとも、彼はすぐに見つかった。友人と談笑中のようだ。

ここから呼びたいが声が届くのかどうかも怪しい。かといってここを離れれば、アビメスに逃げられてしまうかもしれない。

何かないかと辺りを見渡すと、乗務員室の入り口に拡声器がかけられているのが見えた。それを素早く手に取り、深呼吸をする。息をめいっぱい吸い込み、彼の名を呼ぶ。

『オフォンさーん！　私です！　エスポワールです！　今すぐこの豪華客船まで来てくださーい！　私がお手伝いできるのは今日で最後なんです！　アビメスさんも研究に入ると言っています！　もう今日しかないんです！　お願いします！　オフォンさん、ここまで来てください！』

船に乗っていた客と乗務員と港にいた全員がエスポワールに注目する。

「君！　やめなさい！」

そう言って乗務員に後ろから羽交い絞めをされる。

「やめてください！　今だけ、今だけは許してください！　後でなら怒られでも何でもしますから！　今だけはお願いします！」

エスポワールは乗務員の腕の中で踠く。そんな中、もう一人の乗務員が拡声器を取り上げる。

アビメスはオフォンという名に固まった。彼がこの近くにいると考えただけで冷汗が出る。会いたいという思いと傷つけたくないという思いが交差する。

「騒がしいな。……どうしたアビメス。震えているが何かあったか？」

「あの。この話はまた後日でも構いませんか？」

「ああ、用件は話し終わったから構わないが」

アビメスは心配そうにする教授に背を向けて甲板を降りるために駆け出す。

一方、船着き場ではオフォンの友人が船を仰ぎながら、面白そうにけらけら笑っている。

「すごいなー、なんだったんだろうな今の。お前のこと呼んでたけど、知り合いか？」

「……俺、行かないと」

気がつけば走り出していた。アビメスが『研究』をするためにチームに入ってしまえば、会いにくくなるのを知っているから。それに今この客船の中にいるならまだ捕まえることはできるだろうと考えた。

「おい！　もう休憩時間は終わりだぞ！　どこ行くんだよ！」

「艦長には適当に言っといてくれ！　今度なんか奢るからさ！」

オフォンは走りながら声を上げる友人にそう告げた。

「たくっ！　……しかし、アビメスってなんか聞いたことあるような気が……」

アビメスは船の出入り口に向かい必死に走る。

オフォンも船の出入り口に向かい必死に走る。

先にオフォンがアビメスを捉えた。足が長く速いオフォンは、船から出てきたアビメスの腕を掴んだ。

「アビメス！　やっと捕まえた。はは……いつ以来かな、君と目を合わせるなんて」

どうにか話をしたいと、そんな当たり障りのない言葉を絞り出す。

「放してください」

「嫌だ。俺は君と話をしたいんだ」

「私には話すことなんてありません」

アビメスはどうにかオフォンの手から逃げ出したかったが、力が強く、振りほどけない。

アビメスは諦めたのか、振りほどくのをやめた。

「で、なんですか、その話とは」

アビメスは目を合わせようとしない。

「俺ともう一度一緒にいてほしい」

アビメスの表情が俯いたまま険しくなる。

「あなた死にたいのですか？　自分の体を見てください。そんなに包帯だらけで、やっと仕事にも復帰できて。これで私から離れることができたら、万々歳じゃないですか。それ以上何を望むのですか？」

「俺は君が傍にいないと万々歳にはならないし、幸せにもなれない。身体的苦痛より心の苦痛の方が俺には耐えきれないんだ」

「私の気持ちも知らないで、よくそんなことが言えますね」

「自分の話ばかりで、君は俺の話すら聞かなかったのに、そんなことを言うのか」

アビメスは顔を上げて声を荒げた。

「じゃあ一体私はどうすればいいんですか！　このままあなたと一緒にいて、あなたの死を目の前で見ろというのですか！　傷つく姿も！　苦痛に歪む顔も！　もう見たくありません！　だから私はあなたから離れたのに！　これじゃあ何の意味もないじゃないですか！」

「それでも俺は、君と人生を歩みたかった。結婚して、子供をもうけて、死ぬまで君と添い遂げたい。だからそうできるように君と話をしたかったのに、君は俺から逃げた」

アビメスは下手な笑顔を作って、オフォンに表情を見られないように再び俯く。

「……逃げたも何も」

アビメスは浅く息を吸い込んだ。そして顔を上げた。

「私、もうあなたのことは好きではないので」

オフォンの体から力が抜けた。するりと彼女の腕から手が離れる。

「そんな話、聞いてない……」

それはそうだ。彼女は今そう言おうと決めたのだから。

「だからもう話しかけてこないでください。二度と私に近づかないで」

「っ……！」

料金受取人払郵便

新宿局承認

7552

差出有効期間
2024年1月
31日まで

(切手不要)

郵便はがき

1 6 0-8 7 9 1

141

東京都新宿区新宿1－10－1

(株)文芸社

愛読者カード係 行

お名前《ふりがな》			明治 大正 昭和 平成	年生 歳	
ご住所《ふりがな》	□□□-□□□□			性別 男・女	
お電話 番 号	(書籍ご注文の際に必要です)	ご職業			
E-mail					
ご購読雑誌(複数可)		ご購読新聞	新聞		

最近読んでおもしろかった本や今後、とりあげてほしいテーマをお教えください。

ご自分の研究成果や経験、お考え等を出版してみたいというお気持ちはありますか。

ある　ない　内容・テーマ(　　　　　　　　　　)

現在完成した作品をお持ちですか。

ある　ない　ジャンル・原稿量(　　　　　　　　　　)

書　名				
お買上 書　店	都道 府県	市区 郡	書店名	書店
			ご購入日	年　　月　　日

本書をどこでお知りになりましたか?
1.書店店頭　2.知人にすすめられて　3.インターネット(サイト名　　　)
4.DMハガキ　5.広告、記事を見て(新聞、雑誌名　　　)

上の質問に関連して、ご購入の決め手となったのは?
1.タイトル　2.著者　3.内容　4.カバーデザイン　5.帯
その他ご自由にお書きください。
(　　　)

本書についてのご意見、ご感想をお聞かせください。
①内容について

②カバー、タイトル、帯について

弊社Webサイトからもご意見、ご感想をお寄せいただけます。

ご協力ありがとうございました。
※お寄せいただいたご意見、ご感想は新聞広告等で匿名にて使わせていただくことがあります。
※お客様の個人情報は、小社からの連絡のみに使用します。社外に提供することは一切ありません。

■書籍のご注文は、お近くの書店または、ブックサービス(0120-29-9625)、セブンネットショッピング(http://7net.omni7.jp/)にお申し込み下さい。

震えながらも強く言うアビメスに睨まれ、次の言葉が続かない。

ここまでされてはもう傍にいてほしいとは言えなかった。それが彼女の本心なら、ここで諦めないといけないのかと体が動かなくなる。

「……どうしてそんなことを言うんですか？」

声の先に視線をやるとエスポワールが立っていた。

「エスポワールさん。……一体何が？」

呆然と立ち尽くすエスポワールには手錠がかけられ、傍らに手錠の紐を持った乗務員がいた。

「これは私の自業自得なので気にしないでください。それより、なんでそんなに自分の心を押し殺すんですか？」

「何の話ですか？　あなたには関係のない話なので、口を挟まないでください」

「だって。アビメスさんとても辛そうな顔をしています。それに言っていたじゃないですか。彼に会えなくて寂しいと」

「……そんなこと言いましたっけ？　覚えがありません」

アビメスの声が震える。あまりあの時のことを言ってほしくはなかった。これではせっかく『嫌い』だと言ったのに、オフォンと離れる決心が揺らいでしまいそうだ。

「好きだって言っていたじゃないですか。どうして自分に嘘をつくんですか？」

「そういう時だってあるんです。どうしても嘘をつかなければいけない時。あなただってあるでしょう?」

「ということは『嫌い』というのは嘘なんですね?」

「…………ッ!?」

アビメスは言われて気がついた。今の返事では、自分が嘘をついていることを肯定しているようなものになってしまう。

どうしてもここでオフォンとの関係を断ち切らなければ、また彼を傷つける。それだけは嫌だった。だから強引でもなんでも、今終わらせたかった。

しかしそれは、エスポワールとオフォンが許さなかった。

「大体なんで君が、俺が職に復帰したことを知っているんだ。復帰したのはここ二、三日の話なのに」

「ど、同僚に聞いたんです」

「それはありえないだろう。俺の職場と君の職場がどれだけ離れていると思っているんだ。君たちはこっちに来ることはあまりないし。俺たちだって忙しくて水族館なんてあまり行けないのに。それに君はできるだけ誰とも接触しないようにしているのに、誰に聞くんだ?」

痛いところを突かれた。これは言い訳ができない。

「アビメスさんはオフォンさんに会いたいと仰っていたじゃないですか。あれも嘘なんですか?」

「それ、は……」

口籠って言葉が出てこない。気持ちが揺らぐ。本心を言いそうになる。

「話を聞くだけでもいいんだ。君と俺が安心して一緒にいられるように。俺、考えるからさ。急に近づかなくていいから、せめて、俺の話を聞いてほしい」

真摯な瞳に、負けた。

あの時と同じ。彼がアビメスに告白した時と同じ。力強く、芯があり熱を帯びて、必ず幸せにするという、アビメスのことを思う瞳を彼女に向けていた。

これではもう何も言い返せない。

それでもオフォンには死んでほしくなかった。

「分かりました」

アビメスはオフォンの瞳に力強く答えを返す。

オフォンの表情が明るくなる。

「でも、どうしても解決策が出ないのなら、あなたを死なせてしまう運命が変わらないのなら、その時は私から離れてください。私の願いはあなたに死んでほしくないことだから」

オフォンも彼女の気持ちに応える。

「分かったよ。でもその時はせめて友達でいてほしい。君との関係は保っていきたい。君の大切な友人として付き合いは続けてほしい」

そう言ってオフォンは右手を差し出した。

アビメスは手を出そうとして止まった。手袋越しとはいえ、何かあってはアビメスの願いも彼との約束も果たせなくなる。

ちらりとオフォンの顔色を窺う。そこには優しい笑顔をしてアビメスが手を取ることを待っている、彼の姿があった。

「もう少し待ってくれますか……」

「ああ、いつまでも待とう。その時が来てくれるまで」

アビメスは深呼吸をする。これからのことを考えると、本当にこれで良かったのかと不安になるが、なるようにしかならない。彼と一緒に解決策を見出すと決めたのだから、もう進むしかないのだ。

「そうだ！　エスポワールさん！」

『嫌い』の話をしてから、すっかり声を聞かなくなったエスポワールは、いつの間にか乗務員に連れられて船を降りようとしていた。

それを見たアビメスは急いで追いかける。オフォンも後を追う。

「待ってください！　乗務員さん！」

アビメスの呼び声に応えるように、乗務員の男は振り返る。

「なんだアビメスか。何用だ」

「その方を放してはくださいませんか」

「駄目だ。こいつの行ったことは業務妨害に値する。捕まえるわけではないが、話を聞いて数日の拘束は免れまい」

　エスポワールは、無断で拡声器を使って客に迷惑をかけた挙句に乗務員の指示に従わなかった。それくらいの罰はあるだろう。

「そ、そんな」

「頼みますよ。彼女は俺たちのためにしてくれたんだ。なんだったら俺が代わりに受けますから」

「私も……！」

「駄目だ。あんたらのせいだとしても行動を起こしたのはこいつだ。自分の行動は自分で始末をつけにゃならん」

　両者が押し問答をしていると、乗務員の男の目の前に手紙が降ってきた。

「あ？　なんだこれ」

　手紙は死神協会からだった。

　ビリビリと封を開けて中身の文を確認する。

「……………！」

　乗務員の顔色がだんだんと白くなる。何かに怯えているかのように。

　そんな血の気の引いた乗務員は、エスポワールの手錠を外した。

「こちらの手違いだったようだ。君を解放する」

「え、でも」

「いやいいんだ。気にするな。……これ以上は勘弁してくれ」

それだけ言って、血の気の引いた顔をさらに白くして彼は去っていった。

なんだったのかは分からない。エスポワールには、手紙が誰からのものだったのかも分からない。

「なんだったのでしょうか」

よく分からないが、一段落したであろうアビメスとオフォンの方に向き直る。

そこにいた二人の、アビメスではありえないほどの近距離に、エスポワールは自然と笑みが零れた。

「お二人とも距離が近づくほど仲直りができて良かったです」

そう言われて気がついたのか、アビメスは一歩オフォンから遠ざかる。

「なんで離れるんだ」

「あなたが無事でいられる保証がないからです」

オフォンはがっくりと肩を落とす。

アビメスは無意識にオフォンの隣に立っていた。それだけでもオフォンにとっては良い進歩だろう。

dernier jour　―最終日―

今日からアビメスは、研究室でメンバーとの会議があるのでエスポワールの相手はできない。その代わりにオフォンが夜に良いものを見せてくれるそうだ。

何を見せられるのかわくわくが止まらないまま、エスポワールは今日一日今まで見られなかった水族館内部を回っている。今いるのは水鳥のエリア。

白鳥は優雅に飛び、カモメたちはキャーキャー鳴いて、鴨は素知らぬ顔で水面を漂っている。

彼女は一度鳥になりたいと思ったことがある。

鳥はきっと自由なのだろうと、自分も飛び立ちたいと思ったことがある。

しかしできなかった。飛ぶ力も勇気もなく真似する一歩すらも踏み出せなかった。鳥籠の鳥の方が合っているのではないかと思うほどに、縛り付けられていた。逃げたくても逃げ出せない。好きな時に自由に歩くことのできない雁字搦めの人生。

そこまで考えて、自分は鳥籠の鳥のように美しくないことを思い出した。愛されているのかも分からない。

真っすぐな愛情と遠回りした愛情なら、どちらの方が幸せなのだろうか。

　水族館の装飾が輝き始めた時間帯。エスポワールは送迎バスで船着き場まで向かっていた。煌びやかな光は少し目に痛い。

　船着き場の外れにある小さな防波堤に行くと、オフォンが小型船に乗って待っていてくれた。

「お待たせいたしました」

「おう。時間通りだな」

　オフォンは立ち上がって辺りをきょろきょろ見渡す。

「どうかしましたか？」

「アビメスがこの時間までに来られれば、来るって言っていたんだ。けど、終わらなかったみたいだな。仕様がない、二人で行くか」

「もう少し待ってみませんか？」

「いや、時間になったら行っていいと言っていたし。それにこの船は借りものなんだ。一時間しか契約していないから、行ってしまおう」

　差し出されたオフォンの手を取り、エスポワールは船に乗り込む。

　五分ほど進んだ先の海。黒い海に浮かぶのは、青く光り、魂を輝かせている魂の魚。空に輝く星のように、水中で、天空で、優雅に泳いでいる。

　エスポワールは目の前の美しい景色に心奪われた。

「アクワリアムには死神は寄ってこないから、よく魚が集まるんだ。宇宙《うみ》では魂は狩れるが、この中ではできないから、こうやってアクワリアムの魚たちに溶け込んで狩られないようにしているんだ」

「まだ無念があるからですか？」

「そうだ。だからここまで逃げてくる。そして俺たちが匿って時々見世物にする。客には魂の魚だと分からないようにしているから問題はない」

「持ちつ持たれつですか」

「そういうことだな」

今にも消えてしまいそうな光は煌々と輝き、『私はまだここにいる』と訴えかけてくるようだった。

date de départ　—出発日—

魂の魚たちに活力を貰ったエスポワールは、既に列車の中に乗り込んでいた。

アビメスもオフォンも案内係も仕事で忙しいから会えないという。

列車の発車時刻と仕事の時間がちょうど重なったのだ。

会えない代わりに、三人からエスポワール宛に荷物が届いた。

案内係からは貝殻の手鏡。オフォンからはサンゴのヘアゴム。アビメスからは真珠のブレスレットが贈られた。

その中に見たことのあるものが一つ交ざっていた。意図的に送られてきたのかは分からないが、それは前回レーヴと先生から貰った小さな石の色違いだった。

色は透き通るような青。形は前回の物と同じく、懐中時計の窪みに填めることのできる大きさだった。

これはきっと填めろということなのだろうが、エスポワールは前回のよく分からない記憶が怖かった。

再び暗く怖い思いをしないといけないかと思うと敬遠してしまう。

それでもこれはやらなくてはいけないことだと、脳内の誰かが告げる。

だから填めた。カチッと音がしてエスポワールは静かに瞼を閉じた。


「これ、どうぞ」

先輩が渡したのはクラゲ育成キットだった。

「え!? 嘘っ!? ありがとう先輩！ 俺これ欲しかったんだよ」

一つ下の後輩は大喜びして辺りを跳ねる。

彼が声をかけてきたのは半年前。公園のベンチで一人俯いていたところに、声をかけてくれ、話を聞いてくれた。それからは母の目を盗んで、空いている数時間の間、時々二人は会うようになった。恋人ではない。先輩もただの後輩だとしか思っていない。

今日は後輩の誕生日。滅多に会えない二人の数時間。それは特別なものだった。

「でもどうしたのこれ。高かっただろう?」

「昨日お母さまと水族館へ行ってきたんです。その時に見つけたので買ってきました」

「へー、珍しい。おばさんも水族館とか行くんだ」

「行こうと言ったら連れていってくれました」

「なんだかんだ、おばさんも先輩思いだよね。束縛強いけど」

先輩はどこか思うところがあったのか、悲しい顔を見せた。

「どうしたの?」

「いえ。本当にそうだなと思いまして。あの人が私を愛していることは分かります。でも……」

それが先輩にとっては鎖でしかなかった。

自由な時間は与えられず、好きなことはできない。母が愛してくれていることは伝わるが、それがどのようなものなのかが分からない。その愛が怖かった。

それは誰かにとってはきっと、欲しい母からの愛なのだろう。

こんなことを言っては贅沢だと言われるかもしれないが、先輩にとってそれは……。

0-2　魂の魚

アクワリアムを後にして列車の中でしばらくのんびりしていると、小さな熱帯魚のような魚がエスポワールに近づいてきた。

愛らしく近づいてきた魚に、窓越しに指をついて遊んでいた。魚も楽しいのかクルクル回って泳いでいる。

瞬間、輝かしく美しい体は、真っ二つに切り裂かれた。

突然のことに目を丸めたまま動くことができなかった。エスポワールの体は小刻みに震えている。

切り裂かれて浮いていた魚体は袋に入れられて真っ黒い男に連れられていった。

既に魚がいた所とは大分離れた所にいるが、エスポワールはまだ震えが止まらない。

「一般人の前でやるとは何を考えておるのやら」

「………さっきのは一体……？」

前の席に座ってきたのは小さな少女だった。

「あやつは死神じゃ。仕事をしているだけじゃから、あまり気にしない方がええぞ」

「魚を人の目の前で殺すことが仕事なんですか……」

少女は笑顔でエスポワールに、大丈夫だから深呼吸をしなさい、と促した。

少し落ち着きを取り戻したエスポワールは、少女にお礼を伝えた。

「いいんじゃよ。この辺りは魂が多いからのう、こんなに近くではまず見られんが、見たくないのなら外は見ないことじゃな」

「はぁ……」

エスポワールは少女を見つめたまま動かなくなった。

「んん？　なんじゃなんじゃ、そんなにわらわがかわゆいか？」

少女は顔を赤らめて体をくねらせる。

「えっと、そうではなくて」

違うと言われて少女はがっくりと肩を落とす。

「話し方が独特だなと思いまして」

「ん？　そうかのう。しかし世間では『のじゃロリ』が流行っておるのじゃろう？」

「……すみません、のじゃロリって何ですか？」

エスポワールは少し考えてみたが何のことだかさっぱりだった。

「うーん、おかしいのう。部下たちの反応は良かったのじゃが……」

「部下？」

エスポワールは不思議そうに首を傾げる。少女は、なーんでもないんじゃ♪、と陽気に答える。

「ところでのじゃロリさんは、一人でどこまで行くんですか？」

「わらわは面白い魂がこの列車に乗り込んでいくのが見えたから、乗り込んだだけじゃ」

「そうなんですか……？」

エスポワールにはよくは分からないが、のじゃロリさんが楽しそうに話すので、あまり深くは聞かないことにした。

「ところでお嬢さんは……」

そこまで言ってのじゃロリさんの顔つきが険しくなった。それと同じ頃に放送が流れた。

「乗客の皆々さま。速やかに客室への避難をお願いいたします。繰り返します、乗客の皆々さま。速やかに客……へ避……おねが……ガッガガガ……」

車内の電気は消え、冷たい空気が流れ始めた。

「な、なにっ？」

「嬢ちゃん、部屋は取っておるのか？」

「え、ええ。九号車に」

「チッ……。遠いな」

エスポワールたちが今いる車両は六号車寄りの七号車。ここからでは間に合わないと踏んだのじゃロリさんは、エスポワールに、目と耳を塞いで、絶対に体を起こすなと伝えた。

わけが分からない状態でいるエスポワールは、ただならぬ空気に彼女の言うことを聞くしかなかった。

目をぎゅっと瞑り両手で耳を塞ぐ。頭は膝の間に入れるように深く下げる。

暗闇の中でのじゃロリさんの怒号と何かを切る音が聞こえる。

――暗い。怖い。

暗いのは嫌だな。怖いのも嫌だな。

私はこんなに暗闇が怖かったかな。

いつまでこうしていればいいんだろう。

のじゃロリさんは大丈夫かな。

一体何を切っているんだろう――。

エスポワールは、暗闇の中でグルグルと様々な思いを巡らせた。

「嬢ちゃん。じょーうちゃん。終わったぞい。もう体を起こしても良いぞ」

ゆっくりと上体を起こす。目を開ければ、瞑る前の状態と何ら変わらない車両の景色が広がっていた。

「一体何があったのですか?」

「ちょっとした厄介者がこの列車に入り込んでおったのじゃ。何、気にすることはなかろうて」

のじゃロリさんは、ここにいては危ないだろうからと、エスポワールの手を引いて九号車まで連れていってくれた。

この列車の部屋は主に二人部屋で構成されている。ソファが二つ備え付けられて、その上に簡易式のベッドが折りたたまれている。使う時だけ自分で広げて使うことができる。

部屋に入って一服していた時に放送が一つ入った。

「乗客の皆々さまにお伝えいたします。先ほどは大変失礼いたしました。招かれざるお客さまの対処にあたっておりました。次いで申し上げます。この列車はこれより招かれざるお客さまの対処のために路線を変更いたします。これより参りますのはピュルガトワール。ピュルガトワールになります。乗客の皆々さまはくれぐれも部屋の外へお出になりませんように、よろしくお願いいたします。……繰り返します。乗客の皆々さまに――」

放送の告げるピュルガトワールは、炎燃え盛る地獄のような場所。ここに来るのは罪の意識のない人々。罪を裁かれなかった人々。

しばらくしてからまた放送が流れた。

「乗客の皆々さま。ピュルガトワールへ到着いたしました。乗客の皆々さまはくれぐれも列車からお降りにならないように、よろしくお願いいたします」

放送の声はいつも通りに淡々としていたが、どこか焦っているようにも聞こえた。

「それじゃあ、行ってくるかのう」

のじゃロリさんは徐に立ち上がり、部屋から出ていこうとする。

「どこへ行くんですか？」

のじゃロリさんはエスポワールへと振り返り、にっこりと笑う。

「嬢ちゃんも来てみるかえ？　面白いモノが見られるかもしれんぞい♪」

のじゃロリさんの声音は楽しそうだった。それに反してエスポワールは彼女に恐怖を覚えた。しかし好奇心が勝ったのか、エスポワールはのじゃロリさんについていく。

部屋から出てみると視界が赤だけに覆われた。

車窓から見える景色は真っ赤な炎が燃え盛り、黒い人影が見え隠れしている。

「ここにこのような場所があったんですね」

「そうじゃよ。ここは罪の意識がない者。罪を裁かれなかった者が来る所じゃ」

「罪……ですか」

「そうじゃ。まあ、大体は子供の頃にしでかしたものじゃな」

「それって、小さな虫を殺してしまうとか、好きな子を虐めてしまうとかですか」

のじゃロリさんは首を横に振る。

「そんな可愛いものではないわい。それに虫などは蚊とかダニとか言っておったらキリがなかろうて」

それもそうだとエスポワールは思った。ではどのようなことなのかと聞くと、のじゃロリさんは炎を見つめたまま静かに答えてくれた。

「まとめて言ってしまえば虐めじゃな。例えば子供の頃に虐めをして、それが原因で相手が死んでも重い罪には問われない。大人であっても同じことじゃ。どうして人間はそうなのかはわらわには分からぬ。同族殺しは体であれ心であれ幾つであれど極刑じゃ。虐めによる死、無理強いされた挙句の過労死、いない相手への精神攻撃。特に今はインターネットというものがあるじゃろう。あれで虐めが露わになることもあって助かることもあるじゃろうが、それ以上に相手が見知らぬ誰か、目の前にいないからと言っての攻撃が増えている。陰口はきちんと陰で吐かねばな」

エスポワールはどう答えたらいいのか分からなかった。

ただ、だんだんと頭が痛くなってくる。何かを思い出しそうな気がする。

「因みにあそこは自殺した者たちもいるぞい。特に周りに迷惑をかけた自殺者はな……」

のじゃロリさんは苦痛の顔をするエスポワールにやわらかい微笑みを向けて尋ねる。

「嬢ちゃんはこの景色と話を見て、聞いて、どう思った？」

「どうって……。分かりません。……私は、何も……」

のじゃロリさんはエスポワールを訝しげに見て、彼女を観察する。

エスポワールの顔は青ざめ、今にも倒れそうだった。

「嬢ちゃん、もう寝た方が良いのじゃ。さ、部屋に戻ってゆっくり休むのじゃ」

のじゃロリさんはエスポワールの背を押して部屋へと促す。

中に入って簡易式のベッドをセットする。エスポワールは横になるとすぐに瞼を閉じて眠りについた。

彼女の寝顔を見て安心した顔をしたのじゃロリさんは、すぐに列車から降りて死神たちの手伝いへと向かう。

彼女は死神たちの教官。さっさと慣れた手つきで穢れた魂たちを片付けて、再びエスポワールの元へと戻ろうとする。

「きょうかーん！」

列車に足をかけた時、教え子である一人に声をかけられた。

「なんじゃ、わらわはこれからこれに乗ろうとしておるのに」

「なんか上官がたまには顔を出せって言ってましたよ」

そう言われたのじゃロリさんは嫌そうに顔を歪ませた。

「きょうかーん！　後でケーキ奢ってくださいよー！　あたし疲れましたー」

もう一人の教え子が、のじゃロリさんの背後に抱きつく。

「奢ってほしいのなら、お主はもう少し手際よく魂を裁けるようにならねばな」

「えー、そんなー」

抱きつきながらがっくりする。

のじゃロリさんは駅員に、もう出発しても大丈夫だと伝えて、列車は宇宙《うみ》へと発車した。

それを眺める教え子に、のじゃロリさんは、一つ問いを投げかける。

「のう、お主ら」

「なんですか？」

「人間は人間を苦しめ、殺すのに、なぜそれ以外の生き物や環境は護ろうとするのじゃろうか」

教え子二人は顔を見合わせ、小首を傾げる。

「よく分かりませんが、馬鹿だからじゃないですか？」

「身内を傷つけるのが好きなんじゃない？」

のじゃロリさんはその答えに溜息をつく。

「俺たち人間じゃないんで分かりません」

「あたしもー」

死神は、裏切られない限りは死神を殺すことはしない。

「これ、答えあるんですか？」

「さあのう。しかし思うのじゃ。同族も護れぬ者が、異種族など護れるわけがないとな」

人は人を傷つけ、同族を殺し、貶める。それは縄張り争いなどではなく。頂点を目指し、暮らしを良くするためだけのものではない。

頂点に立ちたい。他の人より優位に立ちたい。それは悪いことではない。むしろ競争心は必要なのだ。

ではなぜ不必要な虐めや殺しが起きるのか。

楽しいから？　面白いから？　嫌いだから？　気分だから？

それはやっている本人にしか分からない。

＊＊＊＊＊

誰かに名前を呼ばれている。

聞き覚えのある声。

懐かしい、この声は……。

「おーい、そろそろ起きてくれー。夜になっちゃうよ」

男の子の声に彼女はゆっくりと目を開ける。

「おはよう。……って言っても夕方だけど」

彼女らは今公園のベンチにいる。

「ん、おはよう。……今何時？」

彼は腕時計を見て時間を告げる。

「五時二六分。先輩三〇分くらい寝てたよ」

眠い目をこする。夕日が目に染みる。

「そんなに。ごめんなさい」

彼女は申し訳なさそうに謝る。

「いいよ別に。何か急いでるわけでもないからね」

後輩は優しく言ってくれる。

先輩は自分の時計を見て言った。

「あ、私そろそろ帰らないと」

先輩はすっと立ち上がる。

「今日は何？　バイオリン？　油絵？」

「ピアノですよ」

「そっか。……ねえ、おばさんにあのことは言ったの？」

あのことに触れると彼女は必ず一瞬沈んだ顔をする。

彼女はすぐに微笑みに切り替えるが、寂しさはどこかに残されたままになっている。

「ううん。でもいつかは言いますよ。いつかは……」

彼女は自分に言い聞かせるように呟く。

「いつか、ねえ。でも先輩のいつかは来たことないからなー」

彼が言うと彼女は、そんなことはないと反論する。

その後二人は五日後の待ち合わせの話をして、最寄りの駅で別れた。

五日後を逃せば、しばらくは遊べなくなるだろう。


待ち合わせ時間は一時。時間の五分前に来たが時間になっても後輩が来ない。後輩が時間に遅れることは珍しい。一〇分ほど待っても来なかった。

連絡を入れようと携帯電話を取り出すと、メールが届いた。

差出人は後輩。すぐにメールの内容を確認する。

『to　先輩

今すぐに六街道の先の廃ビルに来てくれ

From　後輩』

急に何事かと思ったが、とにかく彼の言う廃ビルに急ぐ。

廃ビルがあるのはビル街の一角。周りにビルが多すぎて未だに解体作業をしていない。

先輩が急いで廃ビルに行くと、そこには人だかりができていた。

普段人だかりなどできない場所に、何か嫌な予感を覚える。

先輩の歩みが速くなる。

人の波をかき分けて先輩の目に飛び込んできたのは、見るも無残な後輩の姿だった。

見るも無残なのに後輩だと分かったのは、先日先輩があげたブレスレットをつけていたからだ。

辺りにパトカーと救急車の音が聞こえる。

先輩はその場の状況が受け入れられず、声すらも出てこなかった。

――だれ？　あなたは一体誰なの――

＊＊＊＊＊

外から呼びかけられている。一体誰の声なのか。

「……さん」

聞き覚えのない声に耳を澄ませる。

「お……くさん」

ハリのある声は呼び続ける。

「お客さん！　大丈夫!?」

目を覚ましたエスポワールの目には、涙がうっすらと浮かんでいた。

「あー、良かったー、生きてた。大丈夫？　どこか痛むところとか、胸が苦しいとかない？」

声の持ち主はここの案内人、カウガールだった。どうやらエスポワールは今、柔らかい卵型のベッドに横たわっているらしい。

「本当に大丈夫？　うちの声聞こえてる？」

いつまでも反応を見せないエスポワールに、カウガールは彼女の目の前で手を振る。

「あ、はい。大丈夫です」

カウガールは、良かったー、と胸を撫で下ろした。

「私今、妙に現実感のある夢を見ていたような気がします」

「うんとね、あなたが今横になっている器具はね、幸せな夢を映画のようにして見せる装置なの」

「幸せ？」

疑問を持ったエスポワールに、カウガールはどのように答えればいいのか困った。

「うーん、そのはずなんだけど。あなたもしかしなくても、怖い夢を見たの？」

エスポワールは先ほどの夢を必死に思い出す。

「怖いと言いますか。どこか既視感があって、私の目の前で後輩？　が死んでいて、そこで目が覚めて……」

エスポワールの目には、再び涙が浮かぶ。

「ああ、ごめんね思い出させて。……あなたもしかして、モー・ガールから来たの？」

カウガールはエスポワールの懐中時計を見て尋ねた。

「え、ええ」

レーヴの父から出身のことはあまり言わない方が良いと言われていたので、答えるか迷ったが、特に問題はないだろうと彼女の問いに肯定した。

カウガールは、なるほどねえ、と一人で納得していた。

「そういうこともあるのか……」

エスポワールが何かと、声をかける前にカウガールが先に口を開いた。

「この装置は初めてのお客さんに、一日映画体験として提供しているものなんだけど、あなたまだ半日しか使ってないの。それでこのまま夢の続きを見るか、もうここでやめるのか選んでほしいのだけれど」

エスポワールは迷いなく、やめることを決めた。

「分かった。じゃあとりあえず、うちがここの案内係だから説明を始めるね」

カウガールはエスポワールの手を取って、彼女をベッドから起こす。そして一つ咳払いして切り替える。

「ここはシネマ。荒野に囲まれた映画館が無数に存在する所。人気不人気、B級S級に拘らずにほとんどの映画を揃えています。それからこれは今回のお詫びの品です。三日間は好きな映画を見放題。どうぞこの一週間をお楽しみくださいませ」

カウガールはにっこりと微笑んで、エスポワールを送り出してくれた。

3　スクリーンに映るは真実とまやかし

Premier jour　―初日―

荒野にそびえ立つ巨大な映画館は、見渡すだけでも五つある。

年代・ジャンルごとにそれぞれ分かれており、自分に合った最適なものを選べるようになっている。

その辺りの映画館には目もくれず、エスポワールは手ごろな宿を探す。

今日は、もう夜も遅い。とにかく休みたかった。

あの映画体験の人と、記憶の中の人はきっと同一人物なのだろう。

しかし、それが誰だか分からない。きっと大切な人だったのだろうが、名前すらも思い出せなかった。

怖くてもう忘れてしまいたかった。

Jour deux　―二日目―

入り口付近の映画館はジャンルごとに分けられていたが、奥に行くと今ここで活躍している、監督ごとに映画館が分けられている。

エスポワールの目を引いたのは、ポスターのバックに大爆発が起こり、手前に怪人とヒーロー、ヒロインが並んでいるものだった。

初めにこれを見ることにした。

チケットは一日ずつ使われる。それを入り口で提示して中に入る。

劇場内の入りは六割程度。

映画の内容はヒロインである姫を救う王道ものだが、エフェクトと効果音に迫力があった。ストーリーもオリジナルのものでかなり引き込まれた。

映画を見終わった後は、顔が火照っていた。

「すごかった……」

「本当っすか!?」

横を向くといい笑顔で、青年がポスターを持って立っていた。

エスポワールは驚いて悲鳴を上げた。

「因みにどの辺が良かったっすか!?　やっぱり爆発っすか？　俺の演技どうでしたか？」

　質問攻めにエスポワールはあたふたする。

「何々？　お客さん？　あ！　わっかーい、やったー！　ねえねえ、あたしの演技どうだった？　可愛く撮れてたかなー？　やっぱり終盤のシーンのメイクはくどかったかなー？」

　青年の声を聞きつけたここの映画関係者が続々と集まってくる。人が集まり目を回してしまう。

「あんたら団子状態になってなーにやってんの」

　外から別の声がかかった。

「あ、監督！　お帰りなさーい」

　群がっていた映画関係者である子供たちが、監督と呼ばれた人の方へと散っていく。

　エスポワールの周りに残ったのは初めに話しかけてきた青年たちのみ。

「で、何してたの？」

「お客さんにねー、映画の感想聞いてたの」

「団子状態で？　お客さんに失礼なことしたらダメでしょー？　そんなんだから逃げられるんだよ」

　エスポワールと同じくらいの背丈で、桃色の髪を持ち、片方のもみあげを三つ編みにした監督が、子供たちを引き連れてエスポワールに近づく。

「ごめんね、大変だったでしょう？」

「大丈夫です……。ちょっと酔ってしまいましたが」

監督は、じーっとエスポワールの瞳を見つめる。

「あの、何か……」

ガシィッと肩を掴まれた。驚くエスポワールをよそに監督はキラキラと瞳を輝かせた。

「ね！　あなた、映画に出てみない!?」

「え……？」


連れられてきたのは、先ほどの映画館のさらに先にある監督たちの宿舎兼撮影所。

ここで働く映画関係者には、一人一人に同じ大きさの土地が与えられている。

「ただいまー！」

「ただいまー！」

幼子と少年たちがどたどたと宿舎の中に上がっていく。

「手洗ってねー」

「はーい！」

大広間に直行した子供たちに声をかけた矢先に、ガッシャーン！　と食器の割れる音がした。

「なに!?　大丈夫!?」

先に宿舎に上がっていた青年が大急ぎで大広間に入る。

辺りに皿と食べ物が散らかり、子供たちの泣き声が響き渡る。

子供たちの先には、頭から料理を被った男が頭をぶつけて倒れていた。

「皆、大丈夫？　痛いところは？　ケガはしてない？」

「ゆんちゃーん、いたいー！」

よく見ると一人の子供の脛に傷が入って血を出していた。

「大変！　さ、こっちで絆創膏貼ろうね。ろんー、他の子たちお願い」

「はいよー。りゅうは助手君見といてー」

「了解っす」

三人の青年はそれぞれ手分けをして手当てにあたる。残りの人は辺りの片付けを手伝う。

エスポワールもそれを手伝う。

しばらくして荷物を片付けに行っていた、監督たちが戻ってきた。

「で、何があったの」

「僕が前見てないで助手君にぶつかっちゃったの」

「でも助手君いっぱいお料理持ってて、ガシャーンってなった」

「だからいつも気をつけてって言ってるのに」

「ごめんなさい。監督」

子供たちはしょんぼりする。

「謝るのはわたしじゃないでしょ」

そう言われ、子供たちは助手がいる席まで駆けていく。

「ごめんなさい、助手君」

ぺこりと頭を下げる子供たちの頭を撫でる。

「良いですよ。きちんと謝ることができてえらいですね」

助手は立ち上がってその場の全員に声をかける。

「さ、皆さん昼食にしましょう。残りの料理を持ってくるので先に食べていてください」

子供たちはわーっと騒ぎ立てながら席に着く。

「助手さん早くー！」

ドンドンと長机を叩く。先に食べてと言われたが、監督の方針で宿舎にいる時は一緒に食べると決まっている。

最後の料理が運ばれてきた。大皿にのった大盛りのパスタをテーブルに置く。

「監督も早く座ってくださいっす！」

「はいはい今行くよ」

そう言ってエスポワールの手を引いて、席まで移動する。

「あの、私は一体どうすれば」

「まあ食べて食べて。話はその後ね」

そのまま椅子に座らされ、流されるままに昼食をとった。

昼食を食べ終えた後、エスポワールは監督の部屋へと案内された。そこで渡されたのは、一つの台本だった。

「これは何ですか？」

「台本」

「それは分かるのですが。あの、私映画に出演するほど、演技はできません。もっと他の協力者を募った方が良いのではないですか？」

「いやそれがね、なかなかその役にピッタリな子が見つからないの」

エスポワールは一頁目をめくる。

「その次の頁」

促されてもう一つめくる。その頁は登場人物たちの名が書き綴られていた。

「あなたにお願いしたのは、この花売りの女性。出番はあまりないけど、重要な立場なんだ」

「な、そんな大役できません！」

「大丈夫だって！　台詞は三頁か四頁くらいだから。それに、あなた演技できるでしょう？」

監督は首を傾げる。

エスポワールは演技をしたことがあるなどと言った覚えはない。第一、彼女自身演技をした覚えはない。

「まあ、とにかくよろしく」

そう言って監督は左手を差し出した。

戸惑うエスポワールに、絶対に逃がさないという、視線が注がれる。まるで蛇に睨まれた蛙のようだ。

エスポワールは折れて、監督の手を取る。

「よろしくお願いします」

「うん。よろしく」

その時、扉がドンドンドンと、叩かれる音がした。

「監督ー。もう時間になりますよー。早く来てくださいねー」

その声は準備を終えたゆんのものだった。

「もうそんな時間か。じゃあ行くよ、これから車で数時間移動するからね」

「待ってください。行くってどこへ」

「撮影。今日で映画の残りを撮っちゃいたいから、荷物をまとめてすぐに下りてきてね」

監督はスカートを翻して、扉の取っ手に手をかけて開く。

「待ってください！」

監督はエスポワールを振り返る。

「あの、お名前は何と言うのですか」

「あれ？　言ってなかったっけ。わたしはエクラン。脚本から演出までこなすエクラン監督だよ」

エクランは部屋から出ていく。それをエスポワールは急いで追いかける。

「私はエスポワールと言います！」

「そっか、それじゃあ一週間よろしくね、エスポワール」

荒野を、二時間ほど車を走らせて着いた先には草原が広がっていた。

高い山にだだっ広い草原。先ほどまでいた映画館周辺とは異なり、どこまでも緑が広がっていた。

さらに先には、数台の車が止まっており、人がわらわらと集まっている。カメラやライトなどがあちこちにセットされていた。

既に撮影の準備を済ませていた関係者は、手を振って監督を呼ぶ。

数台の車が止まっている場所に、監督たちの車も止める。

車に積んであった撮影に使う小道具を全て降ろして、青年と子供たちは関係者たちの方へ駆けこむ。

「お待たせっす！　こちら頼まれていた画材っす。好きに使ってください！」

「よう！　りゅう坊！　今日も相変わらず元気がいいな！」

年配の男性スタッフはりゅうの頭をわしゃわしゃと撫で回す。

「だー！　やめてくださいっすよ！　これから撮影なのに！」

りゅうの髪はもうくしゃくしゃになっていた。

「やややあお待たせ、皆の衆。準備ご苦労さま」

エクランと助手、エスポワールが後からやって来た。

「エクラン監督。……あら、その子は？」

若いカメラマンの女性がエスポワールの存在に気がつく。

エクランはエスポワールの肩に腕を回す。

「この子は今朝見つけた、花売りの女性役をやってもらうことになったエスポワールさんだよ！　一週間しかいられないけど、皆よろしく！」

辺りが静まり返る。

見知らぬ人がいきなり、撮影中の役者に抜擢されれば無理もないだろう。

エスポワールはさすがに受け入れられることはないのだろうと、心配する。監督の言うことだからと、おいそれと受け入れるのは難しいだろう。

「まあ、監督が言うなら大丈夫だろう」

「そうね。それにどうせ他にいないのなら仕様がないわ」

関係者たちは、渋々エスポワールを受け入れた。

「それじゃあ、これから残ってるシーンを撮れるだけ撮っちゃうから、皆持ち場について」

関係者全員が返事をして持ち場につく。

「助手君はその子の演技を見てあげて。今日はそれだけでいいから、よろしく」

助手と二人きりになったエスポワールは、彼に連れられてテントへと向かった。

「ではエスポワールさん、よろしくお願いします」

「お、お願いします」

エスポワールは緊張から、言葉がつっかえる。

「ではとりあえず、台本の読み合わせからしてみましょうか」

エスポワールは先ほどの移動時間で、自分の台本を読んで、キャラクターの設定も読み込んだ。どれくらいできるかは分からないが、とにかくやってみるしかない。

花売りの女性の役割は、主人公二人を引き合わせること。

敵対する主人公たちの二つの国での争いをやめさせるために、主人公たちは雫の花を探す旅に出る。雫の花は主人公たちの世界では秩序を保つ花と言われている。その花の元に主人公たちを連れてくるのが、花売りの女性の役目なのだ。

エスポワールの演技を見て、助手は驚いた。

たった二時間の移動の中でキャラクターの性格を汲み取り、ほとんどの台詞を覚えてしまっている。

「もしや何か演技をしていらっしゃいましたか？」

「え？　いえ何も。先ほどエクランさんにも言われたのですが、私覚えがなくて」

「あの方は人を見抜く力がありますから。あなたが演技をしていたのは本当でしょうね」

「でも、私本当に覚えがなくて。何かの間違いではないでしょうか？」

助手の視線が鋭くなる。

知らない自分を見抜かれているようで、エスポワールは委縮してしまう。

何の音もない時間が数秒続いた。

しばらくして監督たちが撮影をしている遠くの方から、爆発音が聞こえた。

驚くエスポワールに、助手は落ち着くように促す。

「僕たちの監督はとにかくCGを使うことをあまり好まないんです。ですから爆発や効果音など、自分たちでできるような演出は、実際に行ってCGを使わないようにしているんです」

「もしかして、今やっている映画もそうなんですか？」

エクランの映画は、現実味のあるもので有名だという。それが客を引き込む一つの要因として働いている。

「そうですよ。どの映画もそうなんです。CGを使う時はよっぽどの時ですね」

助手は優しく答える。先ほどまでの鋭い視線はもうない。

「では皆さんの撮影が終わるまで、練習をいたしましょうか」

「はい。よろしくお願いします」

花売りの女性の台詞は少ないが、代わりに表現力を求められる。

台詞は覚えたが、いまいち女性の心情が掴めない。全ての台詞を読み、助手と通し練習をしたが、エスポワール自身はなかなか役柄を掴めないでいる。

花売りが正体不明だということもあるのだろうが、まずエスポワールに迷いが見える。

本人はそのことに気がついていない。今気づくことはほぼ不可能だろう。

撮影を終えて監督たちが帰ってきた。皆が皆疲れきった様子だった。

エスポワールは、助手に頼まれて飲み物を取りに行っている。

主人公の一人を演じるりゅうは煤だらけになって、助手のいるテントへ入ってきた。

「今回も派手にやりましたね」

「はい！　今回も派手にできたっす。助手さんの方はどうでしたか？　エスポワールさん良かったっすか？」

「ええ。筋がとても良いですよ。明日には一度合わせてみたらいいと思います」

その時テントの入り口が開いた。

「本当？　良かった。あの子がいる間に映画は完成できないけれど、あの子がいれば良いものに仕上がる」

「監督、見る目だけは良いっすからね」

「明日は特大火炎放射器使おう」

「だー！　やめてくださいっす！　監督はもっといいところ沢山ありますっす！」

監督の機嫌を損ねたことを瞬時に読み取り、りゅうは慌ててフォローを入れる。

「なんたってどこにも入れなかった俺を、役者として雇ってくれたのはエクラン監督だけっすから！」

エクランは、頑張って機嫌を取ろうとしてくるりゅうに呆れる。

「分かったから、皆の所に行ってご飯食べておいで。わたしは後で行くから」

「先に食べていていいんすか？」

「いいよ。わたしはまだやることがあるからね」

それを聞いたりゅうは、スタッフの元へ急ぐ。

助手とエクランの二人きりになったテントに静寂が訪れる。

それを最初に破ったのは、助手の方だった。

「あの子は監督の仰っていた通りの子でした。演技は申し分ありません」

「じゃあ、車の中で言ったようにこれからよろしく。不安定になってきたら呼んで。いつでも行くから」

バサッとテントの入り口が開いた。

「お水持ってきました」

エスポワールが二つのコップを持って戻ってきた。

「ありがとうございます」

そう言ってお盆にのったコップを取る。

「エクランさんもどうぞ」

残りのコップをエクランに差し出す。

「でも、それは君のでしょう？」

「構いません。私は後で貰いますから」

「そう？　じゃあ遠慮なく」

エクランはエスポワールからコップを受け取ると、中の水を一気に飲み干した。

「それじゃあエスポワール。明日から合わせるからよろしくね」

「っはい！　足を引っ張らないように頑張ります」

エスポワールの気合は十分だった。

順調にいけば明日には帰ることができるらしい。それはエスポワールの演技にかかっている。

「そうです。エスポワールさん、これをお飲みください」

手渡されたのは、粒状のお菓子のような物だった。

「これは何ですか？」

受け取ったエスポワールは、当然の疑問を投げかける。

「それを飲んでいただければ、明日は緊張せずに演技できますよ」

エスポワールは怪しむことなくそれを飲みこんだ。緊張しないでうまくいくのならば飲むほかなかった。

夜、就寝した彼女は夢を見た。

『迷いを捨てなさい。でないと賞なんて取れません』

『泣くな。甘えるな。立ちなさい。全てを捨てなさい』

『なぜ落とした。一番でないと意味はないのですよ』

そんな言葉ばかりが聞こえる。

彼女は頑張っていた。

自分を殺してまでも母の気持ちに応えようとした。

たとえ倒れたとしても母は容赦なかった。

全て一番でないと意味がないのだから。

それは彼女を苦しめていた。

Jour trois —三日目—

翌日のエスポワールの演技は際立っていた。

朝早くに起きて、エクランや助手、主人公役のりゅうとろんにも協力してもらった。

エスポワールは何かに追われるように、必死になって自分を殺し花売りの女性になりきった。

その演技に誰もが感嘆の溜息を漏らす。

恐怖を覚えるほどに演技に引き込まれる。

エスポワールの中には、無意識に恐怖心が芽生えていた。

「エクランさん。私の演技どうでしたか？」

エスポワールは必死になりながら聞く。

「何がそんなに怖いの？」

エクランは、素知らぬ顔で聞く。

「え？　何も怖くありませんよ？」

あっけらかんとするも、どこか焦っているように見える。

「とても良いよ。申し分ない。君は……」

エクランは、一つ言葉を落とした。

「天才なのかもね」

この言葉がカギだったのかもしれない。

エスポワールの記憶がよぎった。

彼女は耳を押さえながら叫んだ。

「やめてください！　天才なんて言わないで！　それで全てを片付けないで！」

蹲る彼女に周りにいた人全員がざわめき出した。

彼らは会話を聞いていなかったから、何があったのかは分からない。

エクランは蹲る彼女を心配そうに見下ろしている。

「さあ！　撮影の続きをするよ！　皆持ち場について！」

パンパンと手を鳴らして注目を集める。

「エスポワール。少し休んでおいで。君のシーンはまだ先になるから」

「……すみません。私、ご迷惑をおかけして」

「良いんだよ。君は知らなくてはいけないからね」

それだけ言ってエクランは持ち場へと行ってしまった。

エスポワールには、何のことなのかは分からなかった。

休憩にテントまで戻ってくると、中には助手が一人椅子に座っていた。

「助手さん……」

エスポワールの声に気がついた助手は、彼女に笑顔を向けた。

「どうかなさいましたか？」

エスポワールは助手の真向かいに、机を挟んで座った。

「迷惑をかけてしまいました」

「エクランは何と？」

「君は知らなくてはいけないことがあると、仰っていました。私には何のことか分かりません」

数分の静寂が訪れる。エスポワールは居心地が悪くなる。

静寂を破ったのは助手だった。彼は真剣な瞳を向けてくる。

「知りたいですか？」

黄緑の瞳の奥に潜む刃物のように鋭い視線がエスポワールを捉える。それがエスポワールを貫こうとしている。

「何があるのですか。私、この旅を始めてから、変なモノが頭の中に流れてくることがあるんです。これが関係しているのでしょうか。彼女には私の何が見えているのですか？」

エスポワールは助手の顔を見ることができない。怖かった。見てしまえばこのまま死んでしまいそうだった。

「エスポワールさん」

そう彼に名前を呼ばれると、顔を上げてしまった。それはごく自然に。そして無意識的に。

「僕の目を見てください」

何か言い返したいが、怖くて何も言えない。

吸い込まれるような黄緑の瞳。隠れた彼女の本質を見抜くような目。視線を逸らしたかったが逸らせない。

「目を離さないで。集中して」

エスポワールから変な汗が流れる。

どうしていいのかが分からない。どうしてこんなことをされているのかも分からない。

助手の瞳に集中していると、バサッと勢いよくテントの入り口が開かれた。

「助手君。監督が呼んでるから今すぐに来て」

そこにはゆんが顔を覗かせていた。

「今行きますよ。すみませんねエスポワールさん。また今度お教えいたしますよ」

それだけ言って彼はテントを後にした。

エスポワールの体から一気に力が抜けた。

外はすっかり赤い空になっていた。あとは夜の撮影をするのみ。

そのために関係者全員が、車に乗り込み山を目指していた。

山の奥地に湖がある。そこで最後の花売りの女性のシーンを撮る。

陸の方に大きなアーチを設置して、湖の上に透明な目立たないガラスを張る。この上をエスポワールが歩く。花売りは羽のヘアピンを付けて、ポニーテールをしている。

ここで主人公たちに雫の花を渡すのだ。


花売りは青年二人に雫の花を渡す。

「これをあなたたちの国にある水場に埋めなさい。そうすれば争いはなくなり、秩序は保たれるでしょう」

「花売りさん。あなたは一体何者なのですか?」

りゅう演じる青年は、愛おしそうに花売りを見つめる。

「それはあなたたちの知るところではありません」

花売りは冷たい瞳で返す。

「この花をあなたたちに渡すにあたって、大切にしていてほしいことがあります」

「それは何なのでしょうか？」

ろん演じる青年が投げかける。

「国民に涙を流させてはいけません。雫の花は涙を吸い取ることによって枯れてしまいます。ですから、国を笑顔で満たしなさい」

花売りはそれだけを伝えた。

それを心にとめた青年たちは、雫の花を大切に国に持ち帰った。

誰もいなくなった湖に花売りが一人立っている。

その周りに光が二つ灯る。

「花売り。花売り。どうしてあんなことを言ったの？」

「あんな約束果たせるはずがないのに。花売りは馬鹿だなー」

花売りは空を見上げて星を眺める。

「彼らの願いは国の秩序です。それ以外、私は聞いていません」

「涙を流さないことなんてできないのに」

「きっと彼らは苦しむよ」

「それでいいんです。彼らは苦しむことをよしとしない。けれど苦しんで得られるものも沢山あります。それに気づいてほしいんです。争いは大小拘らず存在するものです。それを無理やりなくすこともまた争いを産む。雫の花は苦しみや悲しみを吸い込んで枯れる花。無意識下の悲しみを吸い込んで、皆に笑顔をもたらすでしょう。それが良いことなのか悪いことなのかは、彼らが決めることです」

そう言って花売りのシーンは終わる。


車の後部座席では子供たちが寝息を立てている。

車を走らせて数時間。宿舎兼撮影所へと帰ってきた。

ここにいるのは、エスポワールが初めに会って昼食をとった人たちのみ。他のスタッフは、自分の宿舎へと帰っていった。

一泊目しか宿を取っていなかったエスポワールは、泊まってもいいと言われたので、その言葉に甘え、出立する日までお世話になることになった。

荷物をまとめて、残りの予定を手帳に書き込む。その作業を終わらせて今日はもう眠りにつく。疲れていたのかすぐに眠りに落ちた。


また夢を見た。小さな女の子が泣いている。

『どうして泣いているの?』

『お母さまが褒めてくれないの』

『褒められたいの?』

『うん。練習辛いの。逃げたいの。でもお母さまは許してくれないの。だから頑張るの。

お母さまに振り向いてほしいの』

少女は泣き止まない。

『遊びたいの。自由になりたいの。好きなことをしたいの。色々絡まってるのはもう嫌なの』

『お母さまは愛してはくれないの？』

『ううん。きっと好きでいてくれてる。私もお母さま大好きなの。でも辛いの。怖いの。ねえ、「私」はどう思って生きてきたの？』

『……私は………』

Jour quatre　—四日目—

本日は晴天なり。いつもの砂煙が美しく輝いております。

そんなゆんの気紛れな挨拶から一日が始まった。

今日の方針は、監督の一言により変わった。

「戦争のシーンを撮り直す」

開口一番にそう告げた。

宿舎の裏手にある撮影現場で、冒頭の二つの国の戦争シーンでの銃撃戦や爆撃、剣による戦いを撮り直すという。

　朝から撮影班と演者を全て集めて、戦争シーンを撮り直している。

　辺りに爆発音と地響きが広がる。煙が上がり、目に染みる。

「相手の爆薬庫は無尽蔵なのか!?　今までこんなに爆弾を使ってこなかったのに。もしかすると裏で何かとつながっているのか？　とにかく一旦引こう。これでは軍の人数が減って、すぐに乗っ取られてしまう！」

　りゅう演じる青年の台詞に、りゅう青年軍は退去した。

　そのシーンを六回ほど撮り直した。

「どうっすかー？　監督」

「俺たち、煙と砂埃で喉痛めましたよ。今日はもう無理です」

　エクランは、六回分の映像を繰り返し見ている。その中から気に入らないものは切り落とし、良いものを残していく。

　最終的に三つの映像を選んだ。

「良いよ。今日はもう終わろうか。皆お疲れさま。明日は休みだから、明後日また来てね」

「お疲れさまでした！」

　関係者全員が声を揃えて言った。

　この後は各々解散。撮影現場に残されたのは、エクラン、エスポワール、りゅう、ろん、ゆんの五人だ。助手は子供たちを連れて宿舎に帰った。

「りゅうー、エスポワールー、ちょっとこっちに来てー」

エクランに呼ばれて二人は撮影広場の真ん中に立つ。

エクランはカメラの前に座り、撮影を開始する。

「監督ー、何をすればいいんすかー」

その時、後方で爆発音が聞こえた。ドゴン！　ドガン！　と次々に音と煙と火花が飛ぶ。

エスポワールとりゅうは慌ててその場から逃げ出す。

「あっはははははは！　もっともっと火花を！　煙を！　もっと爆発しろー！　あっはははははは！」

エクランは狂ったように笑い声を上げる。

「でたよ。監督の爆発狂」

「りゅうはもう何回もやられてるんだから、そろそろ気がつけばいいのに」

ゆんもろんもいつも通りだと、手出しはしない。

叫んで息を切らせてエクランの元まで帰ってきた。

「お疲れー。今日も良いもの撮れたよ。ありがとう。はいこれ、お礼のジュース」

「サンキューっす」

りゅうは、蓋を開けて一気にジュースを飲み干す。

エスポワールも受け取り喉を潤す。

「さっきのは一体なんだったんですか？」

エスポワールは当然の質問を投げかける。

「わたしの爆発映像コレクションに加えるんだ。趣味の一つ」

厄介な趣味をお持ちで。とは言わなかった。

宿舎に戻ると、助手が夕食を作って待っていた。

「かーんとく！　はーやーくーたーべーよー」

子供たちがお腹が空いたと、監督を呼ぶ。

「はいはい、今行くよ。もう少し待っててね」

全員が手洗いとうがいを済ませて、夕食を食べ始める。

「監督ー、明日はどこか遊びに連れていってー」

一人の少年が言った。

「どこ行きたいの？」

「うーんとねー」

唸って悩んで決めた場所は、精霊が住まうと言われている場所だった。

「奇跡のエクランの森！」

エクランの手が止まった。

青年たちは、やってしまったという顔をしている。

「どうして？」

「だってオレあそこ行ったことないんだもん。監督と同じ名前の森、行ってみたいな」

エクランは黙っている。

どうにか話を変えなければと動いたのはゆんだった。

「遊びに行きたいなら、町の方に行ってお買い物しましょう？　森に行くよりきっと楽しいと思うよ」

「いや！　せっかく新しいお姉さんもいるんだから行こうよ！　監督、駄目？」

少年はどうしても森が良いと駄々をこねる。

青年たちはどうしても止めたかったが、少年の駄々は止まることを知らなかった。

「……いいよ」

部屋の時間が止まったかと思われた。

「本当？」

「うん。いいよ。その代わりに早起きしてね」

「やったー！　ありがとう監督！」

そう言って再びパスタを食べ始めた。

ろんは監督に耳打ちする。

「良かったんですかー？　あんなにあっさり受け入れて」

「いいよ。別に殺されるわけじゃないからね」

エクラン自身が良いなら止めはしない。

少年は、本当に精霊はいるのか、と助手と楽しく話していた。

食事を終え自室に戻って一息つくエスポワール。

彼女の部屋の扉を叩く音が聞こえた。

「僕です」

声の主は助手だった。

「今開けます」

ガチャッと開かれた扉の前に、ずっとそこにいたかのように彼は佇んでいた。

「夜分遅くに申し訳ない。昨日の約束を果たそうと思いまして」

「何かありましたか？」

エスポワールは小首を傾げる。

「エクランから、君は知らなくてはいけないことがある。と言われたのでしょう？」

エスポワールは思い出した。助手に記憶の話と関係はあるのかと聞いたのだ。

知らなくてはいけないと言われて、なぜ記憶の話を持ち出したのかは分からない。自然と零していた。

「あなたは思い出さなくてはならない。あなたの真の記憶を。あいつらに狩られる前に」

「真の記憶？」

エスポワールは助手にベッドに腰かけるように促される。ベッドに座ると、助手は正面にある椅子に座った。

エスポワールはまだ、彼の目を見ることができない。

「エスポワールさん、僕の目を見てください」

そう彼に言われると自然と目を合わせてしまう。

「逃げないで。集中して。僕はもうあなたの敵となることはありません」

テントの時と変わらず、彼の瞳の奥にはダガーが潜んでいた。

怖かった。

それでも不思議なことに、怖い記憶の出どころははっきりとさせたかった。だから目を合わせてしまうのだろうか。

エスポワールが落ち着いてきた頃、助手が彼女への質問を開始した。

「これから僕の言う質問に、正直に答えてください」

「はい」

エスポワールは助手の目から視線を外さない。

「あなたはどこから来ましたか」

「モー・ガールです」

「今までどこを訪れましたか」

「パルク・ダトラクションとアクワリアムです」

「何をしてきましたか」

「パルク・ダトラクションでは、女の子のパレード試験の練習を手伝いました。アクワリアムではとある恋人たちを引き合わせました」

「それは、あなたのしたかったことに入りますか?」

「質問の意図が分かりません」

「では、聞き方を変えます。あなたは今まで好きな楽器の演奏を許されてきましたか?

大好きな人といる時間を許されてきましたか?」

エスポワールに反応があった。手の指が少し動いた。

「許されませんでした」

「それはなぜ?」

「お母さまが許してくれませんでした」

「お母さんはあなたを愛してはいなかったのですか?」

助手はエスポワールに踏み込む。

「愛してくれていました。でも……」

「でも?」

「苦しかった。怖かった。お母さまに背いてはいけないんです。ピアノも習字もバレエも
バイオリンも。全てが一番でないといけないんです。雁字搦めで一人で歩けない。こんな
私、生きていても意味がないのに」

「あなたはどうしたかったのですか?」

エスポワールは何の迷いもなく答えた。

「お母さまの願いに応えて。……死にたかった」

そこまで答えて、彼女は気を失った。

少し無理をさせたのかもしれない。

助手はエスポワールをベッドの上に、きちんと寝かしつけて部屋を出ていった。

「どうだった？」

扉の傍にはエクランが壁に体を預けていた。

「全部聞いていましたよね？」

「実際に見たのは君だ」

助手はエクランと共に寝室に戻る。

「思い出したのは、母との思い出だけです。今夜は違うものを思い出すでしょう」

「あの薬はよく効くねぇ。このまま核心を思い出してくれるといいんだけど」

「あまり急いでも体が壊れます」

「うん。そうだね。それに急がなくても、最後には思い出すよ」

寝室に着いた助手はドアノブに手をかける。

「明日は早いからね」

「本当に行くのですか？」

助手は申し訳なさそうに、眉尻を下げる。

「別に辛いわけじゃないからね。それに、子供たちの願いは叶えたいから」

「僕にはあなたの考えが分からない」

「分からなくていいよ。それじゃあ、わたしは仕事に戻るから。おやすみ」

「おやすみなさい。エクラン」

それだけ言って、エクランは作業室へと消えていった。


エスポワールは今夜も夢を見た。

またしても泣いている女の子の夢。

『今回はどうしたの？』

『皆が私のことを殴ってくるの』

『なんで？』

『お友達が私のこと嫌いなんだって。私がいるとお友達が一番になれないの』

『その子は本当に友達なの？』

『うん。だってその子は必ず言うの。あたしたちは友達だもんね。って。私もその子とはよく遊ぶから』

『どうして逃げなかったの？』

『どうすれば逃げられたの？　逃げるって、なあに？』

彼女は全てを受け入れ成し遂げようとする。気持ちと体の捌け口を知らない。

一番にならなければ母に叱られる。一番になれば友人に怒られる。彼女にはどちらも大切だった。

大切だったからこそ逃げることができなかった。逃げることを知らなかった。

Jour cinguieme　―五日目―

車に揺られて五時間ほど経った。

奇跡のエクランの森は、映画関係者が映画が成功するようによく祈りに来る所だった。木々は整えられ、優しい木漏れ日が暖かい。空気は澄み、呼吸がとても楽だった。

エクランの森を歩いて三〇分ほど行くと、大きな石碑が建っている場所がある。映画に関わる者は、ほとんどがこの石碑に祈りに来る。

しかし、エクランはある時期から祈りに来るのをやめた。

「精霊さーん！　出てきてー！」

「そんなに叫んだら出て来ないよー」

大声を上げて精霊を呼ぼうとする少年に、ろんは彼を肩車した状態で落ち着かせる。

「それにしてもなんで肩車？」

ゆんが不思議に思い、少年に聞く。

「だって精霊さんだよ、飛んでるんだよ。絶対上の方にいるよ！」

少年は腕を大きく広げて、興奮気味に話す。

今回森に来たのは、来たいと言った少年とろん、ゆん、エクランに助手とエスポワールだけだ。りゅうは宿舎で子供たちを見ている。

ろんたちの後ろを歩いているエクランは、大きな欠伸をした。

「お疲れですか？」

隣を歩くエスポワールが声をかける。

「ちょっとねー。映画見すぎたかな」

エクランはよほど眠いのか目元をこする。

道を真っすぐ進んで、石碑に着いた。そこだけは木々が生えていない。太陽光を一身に受けている。

ろんは少年を下ろして一緒にさらに奥へ行く。

残された四人は石碑の前で二人が帰ってくるのを待つ。

エスポワールはゆんと一緒に、他愛ない会話を繰り広げていた。その時にふと思ったことを口にした。

「皆さん昨夜は、ここに来ることを止めようとしていましたが、何かあるのですか？」

ゆんは驚いて笑顔が消えた。

「ご、ごめんさない。私聞いてはいけないことを聞いたみたいで」

我に返ったゆんは、クスクス笑った。

「ごめんごめん。ちょっとびっくりしたの」

ゆんは石碑の前で祈りを捧げているエクランを見る。それにつられてエスポワールもそちらに視線を移す。

「シネマにいる監督って皆、映画を撮る前は、ここの石碑に祈りに来るの。それはエクラン監督も例外ではなかったんだけどね。いつだったかな。監督とあたしとろんの三人で来たことがあってね。その時も今くらいの天気だった。祈りを捧げようとしたらね、監督が石碑の裏に人がいるのを見つけたの。真っ黒い服を着て、体中傷だらけの男だった。さすがに、石碑に人が寄りかかったまま祈りを捧げるわけにはいかないから、監督がその人を別の所に移そうとしたら、彼は監督の手をガシーッと掴んだの。あたしとろんが助けに入ろうとしたら、男は何て言ったと思う？」

エスポワールは分からずに、答えを聞く。

「あなたのことをずっと見ていた。結婚してくれ。だって。あたし驚いて声も出なかったよ」

誰もが予想しえなかった行動をとったのだから、それも無理はないだろう。

「あたしとろんは監督の知り合いなのかと思って、しばらく見守っていたんだけどね。監督言ったの」

「あなた誰？　って。知り合いじゃなかった」

「では誰だったのですか？」

ゆんは隠すことなく答えてくれた。

「今君の目の前にいる助手君。彼は監督が拾った人なの」

拾ったと聞いて、エスポワールは一つ話を思い出した。パルク・ダトラクションで、レーヴも先生を拾ったと言っていた。

この辺りでは人を拾うことは日常的なのだろうかと、そう疑問が浮かんだ。

考え込んでいたのか、ゆんにどうしたのかと声をかけられた。

「なんでもありません。それで、エクランさんは何と仰ったのですか？」

「一言、無理だ、って言ってた」

初対面の人に言われたのだから無理もないだろうと、エスポワールは言った。

しかしそれは違うと訂正された。

「実際それもあるとは思うけど。根本はもっと別だよ。だって監督は――」

「ゆんは本当におしゃべりだね」

監督が祈りを終えて戻ってきた。

「あ、監督お疲れさまー」

ゆんは監督の顔を見上げる。

「何を話していたの？」

エクランはゆんの隣に座る。

「あたしたちがなんでここに来たがらなかったのか、っていう話」

「それとは全く別の話が聞こえてたけど？」

「やだ監督、地獄耳ー。だって、助手君拾った話しないと、なんで来たくなかったのか話せないですよー」

「あの時、君たち姉弟を連れてきたのは間違いだったかな」

そうは言うがエクランは楽しそうだった。

「そんなこと言わないでくださいよー」

二人は楽しそうに話しているが、一つ気になる単語をエスポワールの耳が逃さなかった。

「あの。姉弟というのは、誰と誰のことですか？」

「え？　あたしとろんだけど。あれ？　言ってなかったっけ」

あまりにも似ていなかったので、姉弟だとは露にも思わなかった。

エスポワールは思わず、驚きの声を上げる。

「あはは。まあそうなるよねー。あたしもこれだけ似てないなんて本当は姉弟じゃないいんじゃないかって思うほどだもん」

「いや、二人は大分似てるよ。話し方とか、根本が一緒だからね」

「監督に言われたら、そうだと思わざるを得ないじゃないですかー」

ゆんは笑う。それにつられてエクランもエスポワールも自然と笑顔になる。

その後も談笑していると、少年とろんが帰ってきた。

少年は精霊が見つからなかったのか、しょんぼりしていた。

帰りの助手が運転する車の中、エスポワールはずっとゆんから聞いたエクランと助手の話が気になっていた。監督は一体何だったのか。そればかりが気になって仕様がなかった。

だから、夜にエクランを自室に呼んだ。

いきなりの申し出にもエクランは応えて、すぐに来てくれた。

「それで、聞きたいことって何かな？」

エスポワールは本人を目の前にして、聞いていいことだったかと考え直してしまった。

「ゆんが話していた、わたしと助手の話？」

一向に話を切り出さないエスポワールの聞きたかったことを、エクランが汲み取って言ってくれた。

エスポワールは頷く。

どこまで聞いたのかという質問に、エクランが断りを入れたところまでだ、と伝えた。

「ゆんさんが言っていたんです。根本はもっと別だと。だって監督は、と言って。その後が気になってしまって」

「なんだそんなこと。だって、わたし男だもん」

「……え？」

驚きのあまり声が出てこない。

誰が？　目の前の可愛らしい彼女が？　エスポワールの思考は追いつかない。

「皆その反応するんだよね。そんなに驚くことかな」

女だと思っていた人間が男だったのだから驚くのも無理はないだろう。

「そりゃまあ、スカートは穿いてるけど、別にスカートって女だけの物ではないでしょう？　なのにわたしを女だと勝手に勘違いして来る輩が。まあいるんだなこれが。その時の反応は大体二つでね。一つが、『あ、そうだったんだー』っていうのと。もう一つが『よくも俺を騙したな！』っていうのなんだけど。君はどっちかな」

いきなりの振りに、エスポワールは我を取り戻す。

「え、えっと。『あ、そうだったんだー』です」

性別が女だろうが男だろうが、エクランの人間性や本質は変わらないのだから、エスポワールにとってはどちらでも関係がなかった。

第一、勘違いを起こしていたのはエスポワールの方なのだから、『騙された』というのは筋違いというものだ。

「話を助手の方に戻そうか。まあ、それでわたしは彼を振ったわけなんだけれども。彼ねー、あろうことか、それでもいい！　なんて言い出して。いやー、困った困った。わたし恋人つくる気も結婚する気もないんだよね」

エクランは笑う。なんてことはないように。

「それで助手さんはどうされたのですか？」

「なぜかここまでついて来た。……違うか。車を走らせたはずなんだけどね。先回りされてた。で、子供たちと仲良くなっていて。りゅうまで助手側に回ってたね。胃袋を掴まれたみたい」

確かに彼の作る料理は美味しかった。どこかの一流のシェフではないのかというほどに。それに心が籠っていた。きっとそれが一番の美味しさなのだろう。

「それで諦めた。だから、わたしの助手として雇った。あの時の彼の顔は無邪気で可愛かったね」

エクランは楽しそうだった。昔の思い出を懐かしむようだった。

エクランと助手の出会いは分かった。しかし、そこからどのようにして森に行きたくなるのか。それが一番知りたかった。

「あの、森のことを聞いてもいいですか？」

「ああ、そっか。そっちが本題だったね」

エクランの表情が曇り始めた。

「あそこ行くとね、駄目なんだ。助手との出会いを思い出して心が揺らぐ。そんな不安定な状態でいい映画なんて作れない。それに見つかるわけにはいかない。隠していかないといけないから」

「何をですか？」

エクランは鋭い視線で窓の外を見上げる。

星と月が輝き、青い光が見える。

エクランはその先にいる何かを、目の敵のように睨みつける。

「あの。エクランさん」

エスポワールの声に我を取り戻したエクランは、何かと聞き返す。

「私これ以上は聞きません。ごめんなさい。答えにくいことを聞き出してしまって」

「良いよ別に。わたしも君に聞きたいことがあったんだ」

「なんでしょうか？」

エクランはエスポワールに一つ紫のガラス球を渡す。

「これは？」

「よく見て。ずっと、目を離さないで」

それは助手の瞳と同じような役割を持っていた。だんだんとエスポワールの意識が薄れる。

「これから聞く質問に正直に答えて」

「はい」

「君は、一日映画体験でどんな夢を見たの？」

「男の子の夢を見ました。その子は私のことを先輩と言っていました。でも、最後には死んでいました。それが悲しくて……怖かった」

「その男の子は君にとって、どういう存在だったの？　友達？　恋人？　それとも他の違う何か？」

「友人でした。よく恋人と間違われましたが、友人です」

「どんな友人だったの？」

「私の安らぎでした。たった一人の、安息できる友人。でも……あれは誰？」

エスポワールの挙動がおかしくなる。

「誰？　あなたは誰？　どうしてそんなことを言うの？　だって……あなたも友達？」

「エスポワール？」

「いや！　なんでこんなに苦しまないといけないの!?　私が何をしたの!?　頑張ってるのに、なんで誰も私を見てくれないの!?　天才で片付けないで！　私の努力を認めてよ！」

エスポワールは頭を抱えて喚く。それをエクランは抱き寄せる。

「大丈夫。大丈夫。落ち着いて。自分を見失わないで。これで音を上げていては、彼らの思うつぼ」

それでも彼女は暴れ回る。

「エスポワール、わたしの目を見て。何が見える？」

顔をガシッと掴んで、無理やり目を合わせる。

「……蝶。蝶が見えます。自由で、でもどこか悲しそうな蝶が。……これは、あなたですか？」

エクランは微笑む。

エスポワールは涙を零す。それでも少し冷静を取り戻しつつあった。

ようやく落ち着いた頃に、エスポワールはパルク・ダトラクションの時から気になっていたことをエクランに聞いた。

　懐中時計を取り出す。

「この石を貰ってきたんです。今までで二つ。この時計にはめ込むと、なぜか私が出てくる映像が出てくるんです。これは一体何なのですか」

　エクランは懐中時計を受け取る。中には桃色と青色の石がはめ込まれている。

「これはね、記憶の石だよ」

「記憶の石？」

「そう。君の記憶が詰まった石」

「どうしてそんな物が私の手に？」

「記憶がないから」

「私、何か忘れているのですか？」

「そうだよ。君には分からないかもしれないけれど。ほとんどの記憶が君の中から消えている。だから無意識下でも君の元には、この石が集まるようになっている」

　この世はそういうシステムなんだ、と付け足した。

　そんな説明をされてもエスポワールには、ちんぷんかんぷんだった。

　どうして記憶をなくしているのか。どうしてあんなにも辛い記憶ばかりなのか。グルグルと疑問が湧き出る。

エクランは懐中時計をエスポワールに返す。

「これからの君の記憶は、君にとってどのようなものなのかはわたしには分からない。でも逃げることはできない」

しばらく沈黙が続いた。

「……逃げません」

少しの戸惑いはあったが、それでも覚悟を決めた。

「でも、嫌で逃げ出そうとしてたんじゃないの？」

「確かに辛かったです。わけが分かりませんでした。でも本当に私の記憶なら話は別です。私は記憶を受け入れて、本当の自分を知ります」

エスポワールは覚悟の瞳を見せる。

「思っていたよりも決断が早かったね。もっと時間かかるかと思ってた」

「多分うっすらと分かっていたんだと思います。それに夢を見たんです」

「夢？」

「はい。小さな女の子が出てきて、その子が言ったんです。

『辛いの。怖いの。ねえ、「私」はどう思って生きてきたの？』

『どうすれば逃げられたの？　逃げるって、なあに？』

そう言ってきたんです。その時に懐かしい思い出が私を襲ったんです。悲しい、怖い、逃げたいって。この子は私なんだと。今までに出てきた女の子も私で。男の子と一緒にいたのも私で。でも怖くて、考えないようにしてきたんです」

　エクランは静かに聞いている。今のエスポワールの思いを受け止めるように。

「逃げられないなんて言われたら、逃げられません。それに知りたいんです。私は一体何者なのか。私の旅の目的は自分探しですから。ちょうど良いのかもしれません」

「そっか。君が決めたのなら、わたしは何も言わないよ」

　頑張ってとは言わない。彼女のことを知らないエクランには言えなかった。

four six　―六日目―

　今日は撮影日。

　しかし、エスポワールのシーンは撮り終えている。だからなのか、エクランは少年と一緒に買い物に行くように指示を出した。

　――メモ――
・三五ミリフィルム　一〇本
・三脚　二つ
・単三電池　一〇本入り二つ
・ノート　五冊

・画材　八つ
あと適当におかし買ってきて
というメモを渡された。

今撮っている映画に関係あるのかと聞いたが、特にないと言われた。

量があるので、荷車を持っていく。

ガラガラと音を立てて、初めに寄ったのはカメラ屋。三脚と単三電池を買いに来た。

「おじさんこんにちはー」

少年が扉を開けて元気に挨拶をする。

その後にエスポワールも続く。

「こんにちは」

「おう、こんにちは。ああ、エクランとこの少年か。今日は何が欲しいんだい」

五〇代くらいの店主が出迎えてくれた。

「三脚二つと、単三電池一〇本入り二つください」

「あいよ。単三はそこにある。三脚はいつものだな。取ってくるからちょっと待っとけ」

そう言って店の奥へと消えていった。

エスポワールは電池をレジへ持っていく。その時に一つの写真が視界に入った。

長くしなやかな髪を持った美しい人だった。

見惚れていると店主が帰ってきた。

「お嬢ちゃん。その写真が気になるか？」

エスポワールは写真から店主に視線を移す。

「この方は誰なのですか？」

「エクランだよ。それは確か……新人監督賞を取った時のだな」

今のエクランとは似ても似つかない風貌に目を丸くする。

「別人に見えるだろう？　でも本人なんだなこれが。いやー本当、詐欺だと思っちまうよ。ほい少年、これ三脚な」

「ありがとうおじさん」

少年は重い三脚をしっかりと受け取る。

エスポワールは会計を済ませる。

「エクランさん、何かあったんですか？」

今とは違う顔、髪型、表情、魂までもが違うように感じた。

店主は古い記憶を引っ張り出して話をしてくれた。

「エクランは監督にしては若い頃にその賞を取ったんだ。その時には天才だの秀才だの言われていたがな、あいつは努力家だったんだ。そんな言葉には惑わされずに、手を抜くことはしなかった。周りの嫉妬した監督にも負けないように努力を惜しまなかった。でもな、事件はそれとは全く別のことで起きたんだ」

ある日、一人の男がエクランに告白をした。

しかしエクランは自分が男だからと断った。

その男はエクランが男だったとは知らなかった。

騙されたと思った男は協会にエクランの追放を願ったが、そんな願いが受け入れられるはずもなかった。

だから男は見せしめと恨みでエクランの脚本を盗み、あろうことかその脚本で映画を作り発表した。

「子供みたいな理由だろう。本当にばかばかしい」

「それが髪をバッサリ切った理由ですか？」

「俺たちはそう思ってるんだけどな。違うらしい。なんかそういう気分だったからだと。あれだけ大切にしていた髪の毛を気分で切ると思うか？　それに髪を切った翌日だった、性格まで変わったみたいになって帰ってきたんだ。作風も変わって、客層も変わった。雇っていた職員を全員解雇にもしたんだ。俺もその一人だった。まあ、俺たち職員は雇われだから他にも当てがあったし、解雇後も手厚くフォローはしてくれたから良かったけどな」


カランカランと音を鳴らしてエスポワールたちはカメラ屋を出た。

荷物を荷車にのせて次に行く。

エクランに何があったのかは気になった。しかし、何か重い事情がありそうだったからか、聞き出そうとは思わなかった。

次はフイルムを買うために写真館へと足を運んだ。

「おばさんこんにちはー」

少年がそう言って中に入ると店主は電話の最中だった。店主は少年に気がついて、手を差し出し待ってくれと伝える。

様々な写真がある中、またエクランの長髪の時の写真を見つけた。

それを手に取ろうとした時、女の人の声に呼び止められた。

「良いだろう、その写真。あたしの最高傑作さ」

「はい。とても美しいです」

「おばさんフイルムー」

「あたしも好きなんだ、その写真。今ではもう見らんないからね」

「おーばーさーんー、フイールームー」

少年は先ほどから、フイルムフィルムと店主にずっと言い続けている。

「ああもう分かってるっての。今はこっちのお嬢ちゃんと話してるの。それからおばさんはやめな」

「だって監督よりおばさん……」

「もう一度言ってみな、拳骨が飛ぶよ」

少年は、やー、と言いながらエスポワールの後ろに隠れる。

「で、フイルムは幾ついるんだい」

「三五ミリ一〇本！」

「はいはい。ちょっと待ってな」

店主は、店の奥に行ったがすぐに戻ってきた。

「はいよ、フイルム一〇本」

「ありがとう、おば……おば姉さん！」

どうしてもおばさんからは抜け出せなかった。店主は肩をがっくりと落とした。

「あのう」

「ん？　まだ何か用かい？」

エスポワールは、おずおずとエクランについて尋ねた。

「この写真はエクランさんですよね」

「そうだよ。これは賞を取った後のパーティーだったかな。それがどうしたんだい？」

「いえ。あの。先ほどカメラ屋さんに寄ったのですが、そこにもこの長髪のエクランさんの写真が飾ってあって。それで、とても失礼なのですが、今のエクランさんとは顔も表情も魂さえも違うように感じてしまうんです。どうしてでしょうか？」

そう言ってから聞き方を間違えたことに気がついた。どうしてと言われても店主には分かるわけがないのに、どうしてそのように聞いてしまったのか。

「す、すみません。こんなこと聞かれても困りますよね」

「いや、あんたのその疑問はあたしも感じてる。でもな、あたしにも分からん。整形はしていないし、魂が変わることなんてないのにね。表情はあたしらに見せないだけかも。なんにしろ、あたしには分からない」

「そう、ですよね。ありがとうございました」

そう言って店を出た。

あそこまで聞くとどうしても気になってしまう。しかしそれでも、開けてはならない箱のような気がする。

買い物を全て終わらせて帰ってくると、撮影に一区切りがついていた。

時間は夜。辺りは真っ暗だったが、照明の光が煌々と放たれていた。

「監督ー、ただいまー」

「おかえり……」

撮影現場は死屍累々としていた。

「どうしたんですか!?」

「……った」

「え？」

「やっと撮影終わった……」

そんなエクランの言葉に、その場にいた関係者が大声を出して喜びの声を上げた。

「やっと終わったー！」

「これでやっと旅行に行けるわ！」

「やっと家族の元に帰ることができる！」

それぞれの喜びように、エスポワールはあ然とする。

「なんで皆さん倒れていたんですか？」

「最後にちょっと騒ぎすぎちゃった。でもやっと一息つけるー」

ばんざーい！　と喜んだのも束の間。助手が残酷な言葉を放った。

「皆さん喜ぶのは早いですよ。編集ほか最終作業がある人は引き続きがんばってくださいね」

その場の空気が凍った。

「助手ぅー。お前余計なことを言うなよ。区切りくらい喜ばせろ」

「わ、私の旅行が……」

その場の反応は真っ二つに割れた。もう撮影がないと喜ぶ演者と、まだ作業が残っていて、まだまだ追われるスタッフ。

「それでは俺たちはお先っす」

「あたしも」

「俺も」

りゅうたちが帰ろうとすると、りゅうだけが捕まった。

「りゅうぅー？　お前のせいでこんなに撮影押したんだから、最後まで付き合え！」

「え!?　嫌っすよ！　俺はこれからパルク・ダトラクションに行って遊び倒す予定なのに！」

そう言いながらも、ずるずると引っ張られていく。

「ゆん！　ろん！　助けてくださいっす！」

「頑張ってー」

「お前ならできる」

そんな無情な言葉をかけられた。

「こんの、薄情姉弟ー！」


宿舎に帰ってくる頃には外は暗く、もう短針が一時を指していた。

ベッドに横になると自然と瞼が下りていた。

また夢を見た。女の子はもう泣いていなかった。

質問を投げかけてきたのは女の子の方だった。

『なんで前に進むの？』

『本当の自分を知りたいから』

『怖いのにどうして知りたいの？』

『知らないといけないから』

『どうして？』

『私の旅の目的が自分探しだから。私は逃げることを選んで、逃げない道を行く』

『意味分かんない』

『すぐに分かりますよ。ね、もう逃げないで「過去の私」』

dernier jour ―最終日―

朝は、日の光ではなく、エクランの叫び声に起こされた。

エスポワールは急いで着替えて階段を下りた。

「どうかしたんですか?」

居間に入ると、エクランは助手に抱きつき、子供たちは段ボール箱を囲んでいた。

「あ、お姉さんおはよー」

「おはようございます。何があったんですか?」

ゆんが段ボールを抱えてエスポワールに中身を見せてくれた。中には薄茶色の子犬が入っていた。

「わぁ、可愛いですね。この子犬どうしたんですか?」

「家の傍にいたのよ。誰かが置いていったんじゃないかと思って、どうしようかって話してたところなの」

そうなんですか、と言って子犬を撫でようとする。

「あ、やめといた方が良いよ。どんな病気持ってるか分かんないからね」

「そうですね」

ゆんの言うことはもっともだと、手をひっこめる。

「ところで、エクランさんはどうしたんですか？」

「あーあれねー」

「監督は犬嫌いなんすよ！」

りゅうが嬉々として言う。

「嫌いじゃないし！　怖くもないし！　噛んでくるから避けてるだけだし！」

「きゃん！」

「ひぃ!?」

子犬が吠えるとエクランは悲鳴を上げる。

「俺がどうにかしてきますから、さっさと助手君から降りてあげてくださいね」

ろんはゆんから子犬の入った箱を受け取り、そのまま家を出ていった。

「………………もういない？」

「いないですよ。僕の目の前には人間しかいません」

ちらりと後ろを振り向く。

「きゃん！」

「ひぃ!? いやー! 助手の嘘つき!」

がしっとくっ付いて離れなくなった。

「落ち着いてください。今のはエスポワールさんですよ」

「……え?」

見渡せばそこに犬はいなかった。その代わりにニコニコ笑顔でいるエスポワールと子供たちがいた。

助手からストンッと降りたエクランは、ずんずんとエスポワールに迫る。

「なんでそんなことをしたの!?」

「すみません。エクランさんが可愛くて」

エクランは、怒りと羞恥から顔を赤くする。

「可愛いの分かるわー」

「ちょっとした隙が可愛いっすよね」

エクラン以外は満場一致の「可愛い」らしい。


月明かりが灯る頃。助手とエクランはエスポワールに呼ばれて彼女の部屋に来ていた。

「まさか君から記憶のことを言われるとは、思っていなかったよ」

エクランが言う。

エスポワールは二人を招き入れる。今のうちに聞いておかないといけないような気がしていた。

エスポワールはベッドに座り、助手は彼女の目の前に座る。

目を合わせる。集中する。そしてだんだんと意識が遠のく。

「では、今からする質問に正直に答えてください」

「はい」

「あなたは以前、死にたかったと仰っていましたが、それは具体的にはどうしてですか？」

少しの間をおいて、エスポワールは言葉を紡ぎ出した。

「痛かった。冷たかった。動けなかった。辛かった。だから山の上から谷へ落ちようと思った。でもできなかった」

「それはなぜですか？」

「怖かった。生も死も、どちらも怖くて。どちらに行く勇気もなかった。死のうとしたのがお母さまにバレて怒られた。死にたいと思うことは悪いことですか？」

この答えを持ち合わせていない助手は、エクランに助けを求める。

エクランはエスポワールの隣に腰かけた。

「質問なんだっけ？」

もう一度しっかりと質問を聞く。

「死にたいと思うことは悪いことですか？」

「良いんじゃない？　思うことは勝手だからね。でも思うことと実行に移すことは別だよ。

君はなんで死にたいと思ったの？」

「痛くて、辛くて、逃げ出したかった。私に勇気があればどちらかに進めたのでしょうか？」

「勇気ってそんなに必要かな？」

「だって怖いことって勇気がいるじゃないですか」

「勇気がないなら逃げていいと思うよ。逃げる勇気なんていらないもん。わたしはなかった」

「逃げたんですか？　何から？」

エクランは悲しそうに微笑む。

「色々ね。事情も人それぞれ。逃げた先が生であっても死であっても何かしらはある。君は選ぶ勇気がないと言ったけれど、死に進もうとはしていた。進もうと決めた勇気はあった。違う？」

エスポワールはハッとした。

言われて初めて気がついた。死を選んだのは無意識だったのかもしれない。

「うーん。君は樹形図って知ってる？」

「枝分かれしているやつですか？」

「そうそう、それ」

エクランはベッドから立ち上がり、机から紙とペンを持ってきた。

「うんとね、まずここに君の名前を入れます。で、その先に死という文字を入れます。で、ここから枝分かれしていくんだけど。どうして死にたかったのか、思い出せるだけ思い出して書いて」
手渡された紙とペンを受け取った。
死の先に描かれたのは、痛、辛、寒、寂、自分だった。
「じゃあ、その先になんでそう思ったのか書いてみて」
痛：殴られて、叩かれた
辛：私の意思なく、誰も認めてくれない
寒：水は嫌だ
寂：一人、誰かいても独り
自分：きちんと応えられない自分が嫌だ
「じゃあそれは誰によって与えられたのか、書いてみて」
自分の名前は書けた。そこで手が止まった。
「殴ったのはだあれ？　認めてくれなかったのはだあれ？」
エスポワールの手が動き始めた。母という字が出てきた。その先に自然と線を描いていた。
『でも大切な人』
「うん。そうだね。それ以外は何かあるかな。まだ残っているところがあるけれど」
思い出そうとするが、出てこない。誰かの影がチラつく。でも誰かが分からない。

「無理に思い出さないで。君の体が壊れる」

「すみません」

「いいんだよ。さ、出来上がった図を見てみて」

自分の感情を書き出して、初めてしっかりと自分が何に怯えて逃げ出したかったのかが分かった。

「私、辛かった頃は、死にたい、逃げ出したいということばかりで、ここまで頭が回っていませんでした。チラついて、無意識下でしか認識していませんでした」

「辛くなったら一度自分に質問してみると良い。どうしてそう思っているのか客観視するんだ。こうだから辛いと頭で考えていても、書き出すことで違った見方ができるかもしれない。わたしはそうしてきた」

「エクランさんも?」

「うん。あと叫んでた。死にたいとは思うけど、同時にどこかでは生きたいと願う。だって、まだまだ映画を作っていたかったから。それに……」

エクランは助手に視線を送る。

「子供たちもスタッフもいるからね。もうわたしは、手放したくないから」

エクランは悲しそうに、でも幸せそうに言った。エクランが今の環境が好きなことが分かる。

「乗り越えたんですか?」

「そんなことしてないよ。生と死は隣同士。乗り越えることなんてできない。だから一緒に歩んでいく。命尽きるまで。ずっとね」

エスポワールは既に自分を取り戻していた。

エクランは話を変えた。

「ね、モー・ガールってどんな所？　君は悲しい思い出ばかりだけど、楽しい思い出ももちろんあるでしょう？　書き出してみて」

さらさらと書き出す。

アイスが美味しくて。ご近所さんは優しくて。お気に入りの自分だけの場所がある。星が綺麗で、流れ星が好き。買い物も好き。

「アイス好きなんだ」

「はい。モー・ガールにある、おばあさんのお店のアイスは絶品でした」

「今度食べに行ってみようかな」

「ぜひ！」

エスポワールに笑顔が戻ってきた。

「これだけ楽しいことが思いつくなら大丈夫」

「少し楽になりました。わけの分からない記憶に襲われて。それも痛くて悲しいことばかり。でも、考え方と見方が変わりました。もう少し頑張ってみます」

「うん。どうしてもダメになった時は、逃げておいで。知り合いにでも他人にでも、ちょっと行動を起こせば何かしらは変わる」

「起こせなかった場合は？」

「暗い方向に行ってはダメだよ。でもそうだな、走ったらいいんじゃないかな。さっきのを試してみても良いし。一人でできることをやってみよう。日常を忙しなく生きていたら辛いことも忘れてしまう。それでも辛いことを思い出してしまうのなら、気分を変えるためにも部屋に籠ってないで走ったらいいと思うよ」

一人でもできることがあると思えるだけでも進歩だった。少なくともエスポワールにはその力がある。自分が自覚していないだけで。

「そうだ。最後にわたしがおまじないを教えてあげよう」

「なんですか？」

エクランはニィッと笑った。

「なんとかなるなる、だいじょーぶ！」

「本当になんとかなりますか？」

あまりに軽薄な言葉に即座に聞き返す。

「なるなる！　馬鹿にしてるわけじゃないよ？　わたしはそう自分に言ってきたんだから」

「……気の持ちようってことですか？」

「そう、要は言葉の使い方の問題。言葉には魔力が宿っているんだ。それは他人にも自分にも効力がある。それが口から発せられたものでなくてもね。気の持ちようって、意外と大切なんだよ」

「……なるほど」

「とある場所では、言葉に魔力があることを言霊《ことだま》って言うらしいよ」

エスポワールには無責任に聞こえる「気の持ちよう」という言葉も、使い方で気分が変わると言われたことで、少し考え方が変わった。

「さ、明日は早いんだ。今日はもう寝てしまおう」

明日はエスポワールの出発の日。

荷物をまとめて眠りについた。

date de départ　―出発日―

駅にはエクランと助手、そして子供たちがいた。

「なんか大所帯……」

「だって、エスポワールさんのお見送りっすから」

「派手にいかないとね」

「監督はまだ来てないけど」

出立まであと一〇分。

エクランは、車に忘れ物をしたと言って取りに戻っている。

エスポワールは駅で、便箋と小型の映画の場面が描かれたフイルムが入ったストラップを買った。列車の中で手紙を書いて、レーヴに送るのだ。

「ごめんお待たせ」

エクランが駆け足で帰ってきた。手には紙が握られていた。

「これ渡したかったんだ」

「これは何ですか？」

「あ、開けないでね。ビブリオテックに行ったら入り口にいる司書に、エクランからって言って渡して。そしたらいいもの見せてくれるよ」

真っ白な便箋には何も書かれていなかった。

「ありがとうございます」

「それから、君に一番必要なもの」

そう言って手渡されたのは、橙色の石だった。

記憶の石。

ここに来る前までは、恐怖の石だったが、今は希望の一つになっていた。

列車がポーッと、音を立てた。

「これから君はさらに君の深いところにある記憶を取り戻す。それはきっと君にとっては辛く思い出したくない記憶かもしれない。でも負けないで、自分を保つことができれば、きっと狩られることはないから」

「何を狩られるんですか？」

そんな疑問にエクランは笑顔を向けるだけだった。自分で探さないといけないらしい。

「エスポワールさん！　これ貰ってくださいっす！　ブレスレットっす！」

「あたしのも！　手作りクッキー！」

「俺からは今年の映画名鑑」

「俺たちは絵を描いたの！　受け取って！」

エスポワールは、手にいっぱいの贈り物を貰った。

「ありがとうございます」

自然と涙が出てくる。

『彼女』にとってこんなに大勢にお見送りされて、沢山の贈り物を貰うことがなかっただろう、と彼女は思う。だからか余計に嬉しかった。

「エスポワール、わたしからはこれ」

そう言ってエクランから渡されたのは、花売りの羽のへアピン。

「僕からも、どうぞ」

助手からはお守りを貰った。

「皆さん。本当にありがとうございました」

嬉しすぎて涙声になる。

「乗客の皆さま。間もなく発車時刻になります。お乗りのお客さまはお早めにご乗車ください。繰り返します……」

発車の案内も流れ始めた。

最後にエスポワールは、エクランに質問する。

「私は、ここから飛び立つことができるでしょうか。自由になれるでしょうか」

「大丈夫。自分を信じて。信じることができなくなったら、いつでもわたしを頼って。それまでは、君の望む通りに進んだらいい。だって君は、希望《エスポワール》なんだから」

再び列車がポーッと音を立てた。

エスポワールは貰ったヘアピンを、前髪に付け替える。

「本当にありがとうございました。私、頑張ります」

「頑張れーエスポワールさーん！」

皆の声援が耳に入る。そして頭と心に残る。

「はい！」

エスポワールは列車に乗り込んだ。

車窓からエクランたちを見る。

もう恐れることは少ない。

たとえ立ち止まっても、怖くなっても、嫌になっても。いつでも逃げられる。いつでも助けを呼べる。

彼女はそのことを教えられ、学んだ。

進もう。何があるか分からない線路を。

これが彼女の旅路なのだから。

＊＊＊＊＊

エスポワールを送り出した夜。エクランは次の台本を作り始め、助手は機材の手入れをしていた。

「なぜあの子を引き留めなかったのですか」

助手はカメラを手入れしながらエクランに問いかける。

「なんで？」

エクランは机に向かったままで台本を書く手を止めようとしない。

「あなたがあんなに気に入った子を手放すようなこと、今までなかったじゃあないですか？」

エクランは書く手を止め、椅子にもたれかかる。眼鏡を外して言った。

「あの子はここにはいてはいけないからね。それは君だって分かっているだろう。ね？元死神君」

　助手はレンズの手入れの手を止めた。

「あの子は記憶を落とした魂。死神にしてみれば死に損ないの厄介者。記憶を持っていない魂は狩ってはいけないから。なんだっけ、何か支障があるんだっけね」

「記憶を持たぬ者を狩ればつなぎ止めるものがなくなり、ばらけてしまう恐れがあるんです」

「ああ、そうだそうだ、それだ」

　エクランは助手に顔を向け、人差し指を差す。

「色々聞きたいことがあるのですが」

「いいよ、じゃんじゃん聞いて。君の願いならわたしは断らないから」

　エクランは椅子から立ち上がり、助手の座るベッドの横に腰かける。

「まず一つ目。なぜあの子を花売りの役に抜擢したのですか？」

「あれ？　そんな簡単なことでいいの。君はわたしの作るものってどういうのか知っているでしょう？」

「証明作品です」

「そ。そこに作品と演者がいることを残すための作品作り。あの子はどうせここには戻ってこられない。だからあの子がここにいた事実を残したかった。それだけ。あの子の記憶ってそんなに良いものではなさそうだからね。せめて楽しい記憶を、ていう、わたしの押し付け」

「あの方が来る何年も前から台本を作って。あれは元からあの方のための映画だったのでしょう？」

「そうだよ。でないと前の映画を作っている合間に、二年前から寝る間も惜しんで今回の映画の土台作ってないよ」

二つ目の質問に移る。

「どうして僕にあの子の記憶の蘇りを頼んだのですか？」

エクランの顔つきが変わった。真剣な目つきで助手を捉える。

「あの子あのままだと、記憶を全て取り戻せない。それだと最後の選択で、あの子は必ず道に迷ってしまう。死神は魂を狩るのが仕事。そうそう生きて帰しはしない。それを見抜くか、見つけるかしないと、あの子は死んだまま死ぬことになる」

「しかし宝石は、自然と七つ集まるようになっています」

「七つ集まれば記憶は戻る。けれどあの子はどこかであの石を一つ使うことになる。そうすれば記憶は戻らない。それに、全部集まったところで、今まで全員死んだ事実を受け止められずに、死神の手にかかった」

助手は溜息をついた。お手上げだという溜息。

「あなたは一体どこまでを知っているのですか。本当に。その目を僕に一つ分けてくださいよ。全てを見通せるその目を」

助手の手がエクランの目元にのびる。それをエクランはすんでのところで止める。

「全てはさすがのわたしでも分からない。でも……」

助手は次の言葉を待った。

「どうにかなるでしょっ」

急に笑顔になり話をなげうったエクランに、助手は肩の力が抜けた。

「なっ、あ、はあ。あなたはなんでそうなるのですか」

「どうにかなる。大丈夫って言っておけば、大体はどうにかなるもんなの。あの子は多分、誰かに自分の気持ちを伝えてこなかったんだと思う。一度誰かに話してみたりすればどうにかなったりするのに。だからわたしは、どうにかなるから一度何かやってみよう、誰かに話を聞いてもらおう、って思うようにしているの。一度目は駄目でも、二度目はうまくいくかもしれないでしょう？　それにあの子、今は芯がまだあるから大丈夫。どうにかなるなる。だいじょーぶ」

そう言ってピースサインを突き出す。

助手は乾いた笑いを漏らした。

「本当にあなたには翻弄されてばかりだ」

「死神が？」

「死神もですし、僕もです。彼らにとってあなたのような存在は、邪魔でしかない。いつまでこのように生きていられるのかも分からない。なのになぜ？　あなたは迷子の魂を導こうとするのですか？」

エクランはベッドから立ち上がった。

「わたしたちも全ての魂を導けるわけじゃない。それにこれは、わたしとおじいさまとの約束だから。護ることのできるものは護る。子供たちも君も。死神なんかには渡さない」

死神は魂を狩る。裏切りの死神には死をもって償わせる。それがこの世界の死神だった。

著者プロフィール
北嶌 千惺（きたじま ちさと）
大分県出身
帝京大学卒業

登場人物絵／北嶌 千惺

死への旅列車

2022年５月15日　初版第１刷発行

著　者　北嶌 千惺
発行者　瓜谷 綱延
発行所　株式会社文芸社
〒160-0022　東京都新宿区新宿１－10－１
電話　03-5369-3060（代表）
03-5369-2299（販売）

印刷所　株式会社暁印刷

©KITAJIMA Chisato 2022 Printed in Japan
乱丁本・落丁本はお手数ですが小社販売部宛にお送りください。

送料小社負担にてお取り替えいたします。

本書の一部、あるいは全部を無断で複写・複製・転載・放映、データ配信することは、法律で認められた場合を除き、著作権の侵害となります。

ISBN978-4-286-23628-5